하루 30분 글쓰기 훈련법

글 근육 키우기 퍼스널 트레이닝

하루 30분 글쓰기 훈련법

최원대 지음

한티재

들어가며

벌써 이십 년 묵은 이야기지만, 지난 대학 생활을 요약해 보니 단 두 개의 동사가 남았다. 읽고 쓰고의 반복. 일어나 책상 앞에 앉아 글 쓰고, 밥 먹고 글 쓰고, 커피 한 잔 마시고 글 쓰고, 잘 쓴 남의 글을 읽다 그만 질투가 나서 집어던지고 머리 쥐어뜯다가 다시 앉아 글 쓰고…. 그냥 그렇게 글만 쓰며 살았다. 읽고 쓰고 했던 일 외에는 대학 생활에서 건질 만한 기억이 딱히 많지 않다.

읽고 쓰기만 반복하다 보면 글솜씨가 늘기는커녕 주기적으로 슬럼프가 온다. 어려운 논문도 아니고, 소설을 읽다가 이해가 안 되어서 앞 페이지를 오가기만 수차례. 그러다 책이며 노트며 다 집어치우고 한 보름을 술만 마시다 보면 결국 다시 글이 고픈 시기가 온다. 그러고 보니 대학 생활에서 건질 만한 기억이 하나

더 있긴 하다. 술!

졸업하고는 고향에서 잠시 영업을 하다가 무작정 서울로 상경해 이곳저곳 기웃거렸다. 그러다 출판사에 잠시 몸담았다. 글과 가까이 지내려 택한 직업 같겠지만 문제집 만드는 곳이었고, 그저 생업을 위해서였다. 툭하면 밤을 새우느라 몸이 다 망가졌다. 마케팅을 배우고, 병원 홍보팀에서 일하면서는 아이러니하게도 응급실 신세만 세 번을 졌다.

글밥 먹고 살 자신이 없었다. 내게는 딱히 도드라진 재능이 없다고 여겼으니까. 나는 글로는 먹고살 재주가 없다고. 그런 줄로만 알고 끊임없이 도망치려고 했다. 십 년 넘도록 의료 전문 마케터로 밥벌이를 하며 그래도 천운이었는지 혹은 운명이었는지, 글을 계속 써야만 했다. 신문이며 잡지에 의사 이름 달고 나온 글 중엔 나 같은 마케터들 작품도 꽤 많다. 내 도움 덕분에 유명해진 의사도 여럿이다.

한때 영화나 드라마에선 '작가' 하면 늘 입에 담배를 물고 나왔다. 글쓰기를 비롯한 예술 장르는 담배와 무척이나 닮았기 때문이다. 평생 그 맛을 모르고 사는 이들도 많지만, 누구든 일단 한번 입을 대고 나면 끊기가 어렵다. 지금은 담배를 끊었지만 정확하게는 끊은 게 아니라 참는 거다. 마케터로 사는 동안 글쓰기가 그랬다. 늘 글쓰기에 대한 목마름이 있었다. 그나마 갈증을 해소해 준 것이 블로그다. 이십 년째 운영 중인 블로그가 아니었다면 나는 타는 목마름을, 아니 그 금단증상을 어떻게 풀었을까?

내 몸 태워 가며 기껏 써 내려간 글이 고작 담뱃재 수준의 글일 때가 많다. 지금도 그렇다. 그런데도 왜 쓰냐 묻는다면 쓰지 않고는 못 견디니까 쓴다. 이어령 선생님 말씀마따나 글을 쓸 수 없을 땐, 쓸 수 있는 글이라도 쓴다. 이 생활이 그렇다. 결과물과 무관하게 쓰지 않고는 못 버티는, 중독자의 삶.

그럼에도 불구하고, 뻔뻔하게도 글쓰기를 일반인에게 권하는 책을 이렇게 쓴다. 글쓰기는 밥벌이 아닌 정도로 발목까지만 담그면 그 재미가 이루 말할 수 없기 때문이다. 또한 '글쟁이'가 아니라 '안 글쟁이'여도 언젠가 글을 써야 할 때가 오기 때문에 이 책을 권한다. 학위를 얻기 위해서, 회사에 취직하기 위해서, 승진을 위해서, 온라인 매체에서 나를 브랜딩하기 위해서, 내 사업을 홍보하기 위해서 등 언제든 글이 필요할 때가 온다.

혹자는 '글쓰기에는 왕도가 없다'라고 한다. 그건 어디까지나 본인은 잘 쓰지만 정작 타인은 가르칠 능력이 부족한 일반 작가들이 하는 소리다. 천재들은 평범한 우리를 이해하지 못한다.

'아니, 책 좀 읽고 그냥 쓰면 되는데 이게 그렇게 어렵나?' 싶은 것이다. 천재들은 그게 된다. 그래서 천재다. 우리 같은 일반인은 아무리 읽고 아무리 써 재껴도 안 되는 걸 그들은 참 쉽게도 한다. 하지만 본인이 잘 쓰는 재능과 잘 가르치는 재능은 별개다. 한국말 잘한다고 모두가 한국어 선생이 될 수 없는 것과 같은 이치다.

이 책을 읽는 것만으로 노벨 문학상을 받긴 어렵다. 현실적으로 그렇다. 하지만 어디 가서 글 좀 쓴다는 평은 듣게 될 수 있다. 재능은 필요 없다. 자신감도 지금은 있을 리 만무하다. 그저 '나도 글을 잘 쓰고 싶다'는 마음 하나만 있으면 된다. 그것으로 충분하다. 그다음은 필자가 책임지겠다.

글쓰기에도 요령, 소위 말하는 지름길이 있다. 문장을 정확하게 쓰라는 둥, 책을 많이 읽어야 한다는 둥, 뻔하다 못해 식상하고 뜬구름 잡는 소린 하지 않겠다. 지난 이십 년간 글 잘 쓰는 비결을 담은 책이란 책은 눈에 띄는 대로 읽어 봤다. 온갖 훈련도 안 해 본 것이 없다. 직접 실험하며 개발한 방법도 있다. 온몸으로 익힌 노하우를 그동안 여러 수강생들을 가르치며 다시 정제하였다. 이 책은 그 결과물을 담고 있다.

필자는 천재가 아니다. 하지만 오히려 천재가 아니기 때문에 평범한 사람들이 어떤 마음으로 글쓰기를 대하는지, 그 부담을 너무 잘 안다. 이런 둔재도 글밥 먹고 산다. 그러니 평범한 나는 더 잘할 수 있다는, 그 믿음 하나면 충분하다.

『누구나 글을 잘 쓸 수 있다』의 저자인 로버타 진 브라이언트는 작가를 '오늘 아침에 글을 쓴 사람'이라 정의한다. 이 책을 읽고 용기를 내어 한 줄이라도 썼다면, 당신은 이미 작가다.

차례

제 1 장

초보 작가 탈출을 위하여

당신의 작가력은?

작가력 체크리스트

구력球歷이란 '공을 다룬 경력', '구기 운동을 한 경력'을 뜻하는 말이다. 구기 운동뿐 아니라 운동 전반에 걸쳐 경력을 물을 때 쓰이기도 한다. 같은 맥락에서 글쓰기를 행하는 분들에게도 '글 구력'을 물을 수 있겠다. 17쪽의 체크리스트를 통해 나는 글쓰기에 있어 어느 정도 구력에 와 있는지 가늠해 보자.

어느 특정 분야에서 초보는 전문가에 비해 두 가지가 부족하다. 첫 번째는 경험이다. 글을 무작정 많이 써 본다고 해서 실력이 반드시 는다고 보기는 어렵지만, 그래도 아예 안 써 본 사람과는 당연히 차이가 있을 수밖에 없다. 그것이 실력이든, 가능성이든.

둘째는 근력이다. 바벨을 반복해서 들면 근육이 붙는다. 글도 마찬가지다. 자꾸 쓰면 '글 근육'이 붙는다. 초보들은 바벨은커녕 기본 20킬로그램짜리 봉 무게도 버겁다. 따라서 전문가와 초보들의 훈련법은 달라야 한다. 초심자라면 우선 잔뜩 뭉친 근육부터 푸는 한편, 맨몸 스쿼트부터 시작해 근력 향상보다는 자세 먼저 익히는 데 주력해야 한다.

흔히 글은 많이 쓰면 는다고들 한다. 실제로는 어느 정도 요령과 자세가 몸에 익은 사람들에게나 도움이 된다. 이제 막 글을 쓰기 시작한 초보들에겐 무작정 바벨 스쿼트를 강요하는 행위에 불과하다. 그렇다고 운동처럼 다치진 않겠지만 실력 향상을 기대하기는 어렵다.

글쓰기는 재능이다? 타고나야 한다? 많이 쓰면 는다? 이런 루머부터 바로잡고 본격적으로 제대로 된 훈련법을 소개하고자 한다.

글 구력 체크리스트

- ☐ 필요한 경우(과제, 보고서 등 상급자의 지시) 외 자발적으로는 글을 써 본 적이 없다.
- ☐ 글쓰기는 작가들의 영역이지 일반인과는 무관하다고 생각한다.
- ☐ 블로그, 브런치 등의 매체는 글을 길게 쓰기가 부담스러워 운영하지 않는다.
- ☐ 책을 한 달에 한 권도 제대로 읽지 않는다.
- ☐ 글쓰기는 생각만 해도 가슴이 답답해지면서 스트레스를 받는다.
- ☐ 좋은 글을 쓰기 위해 글감을 모으는 등의 노력을 기울여 본 적이 없다.
- ☐ 글을 쓰려고 해도 애초에 뭘 써야 할지 모르겠다.
- ☐ 필사(남의 글을 베껴 적음)를 단 한 번도 해 본 적이 없다.
- ☐ 글을 쓸 때 한 번에 완성하고 두 번 다시 읽지 않는다.
- ☐ 생각은 많은데 정작 손끝에서 표현이 안 된다.

- **7개 이상 :** 글 초보로 본격적으로 글쓰기를 배워야 하는 단계.
- **4~6개 :** 아마추어로, 이런저런 배움의 시도는 많이 해 봤으나 아직 여러모로 서툰 단계.
- **3개 이하 :** 아직 글쓰기에 조금 서툴 뿐 얼마든지 훌륭한 작가로 거듭날 수 있는 수준.

많이 읽고 많이 쓴다고 글솜씨가 늘까? GO

글쓰기 강의를 하면서 '글을 잘 쓸 수 있는 비법이 뭘까' 질문해 보면 대체로 돌아오는 답은 세 가지 정도다.

"그런 재능은 타고나야 한다."

"많이 써 봐야 한다."

"책도 많이 읽으면 좋다."

대부분 글쓰기란 타고난 재능의 영역이라 믿으며, 그나마 훈련 방법으로는 많이 읽고 써 봐야 한다고 여긴다. 실제 강사들이나 현직 작가들이 글쓰기와 관련해 가장 많이 하는 조언의 핵심도 이와 다르지 않다.

다독, 다작, 다상량

일찍이 송나라 문인 구양수도 글쓰기 핵심 훈련 방법을 '삼다

三多', 즉 다독多讀, 다작多作, 다상량多商量으로 요약한 바 있다. 많이 읽고, 많이 써 보고, 또 많이 생각하라는 것이다. 이것이 작문 실력을 향상시키는 핵심이자 거의 유일한 비결처럼 전해지고 있는데, 과연 그럴까? 정말 글쓰기에 왕도는 없으며, 그저 많이 읽고 쓰는 것만이 유일한 길일까?

사실 절반은 맞고 절반은 틀린 소리다. 수영을 배우려는 당신에게 강사가 이렇게 말한다.

"일단 물에 들어가세요. 물속에서 혼자 허우적대다 보면 당신도 언젠가는 수영을 잘할 수 있게 될 겁니다."

무작정 물에 들어가기만 해도 정말 수영 실력이 늘까? 물론, 혼자 연습해도 실력이 향상되는 경우가 있긴 하다. 운동신경을 타고난 사람들. 글쓰기도 마찬가지. 문장을 지어내는 감각을 선천적으로 가지고 태어난 이들이 있다. 이들은 책 몇 권만 읽어도 문장 다루는 기술을 놀랍도록 쉽고 빠르게 익힌다.

그러나, 세상에 이런 천재들이 과연 몇이나 될까? '타고난 문장 감각'이란 차라리 환상이라 여기는 편이 마음 편하다. 보통의 감각을 가진 우리 일반인들은 아무리 책을 많이 읽고 매일 써 봐도 출발선에서 크게 못 벗어난다. 그런데도 혼자서 무작정 많이 읽고 많이 써 보라고? 대단히 무책임한 조언이다.

물론 글을 잘 쓰기 위해 다독, 다작, 다상량은 필요하다. '삼다'는 분명 문장력 향상에 도움이 된다. 많이 읽으면서 어휘력이 늘고, 많이 써 보면서 글 근육이 붙는다. 오래 생각하는 과정을 통해 소재를 다루는 감각이 길러지고 문장은 더욱더 깊이를 가진다. 그러나 다독, 다작, 다상량을 요령 없이 무턱대고 따라 한다고 해서 반드시 효과를 보기는 어렵다. 어느 분야나 기본기가 가장 중요하듯, 제대로 배우고 난 다음에야 반복도 의미가 있다.

그저 많이 쓰면 좋다며 굳이 먼 길로 돌아갈 필요 없다. 아무리 재능이 없어도 누구나 요령만 익히면 짧은 시간에도 일정 수준 이상의 성취를 달성할 수 있다. 어떤 훈련을 받았느냐의 차이가 있을 뿐. 제대로 된 방법만 익히면 평범한 사람도 여간한 작가 못지않은 문장력을 뽐낼 수 있다. 지름길이 있으니 부디 희망과 자신감을 가지기 바란다.

글쓰기와 운동의 공통점

글 근육 키우는 방법

글쓰기는 운동과 많은 부분이 닮았다. 어디 글쓰기에만 해당하겠나. 뭔가를 배워 가는 과정은 대개 운동과 비슷한 측면이 많다.

첫째, 스트레칭이 먼저다.

운동에서는 유연성 향상과 더불어 관절의 가동 범위를 넓히고 부상을 막기 위함이다. 글을 쓸 때도 사고의 유연성과 생각의 가동 범위를 넓혀야 좋은 글이 나온다. 글쓰기가 어렵다고 느끼는 원인은 글 근육이 부족해서이기도 하지만, 스트레칭 부족인 경우도 흔하다.

'10분 글쓰기'와 '일기 쓰기'가 글쓰기에서는 대표적인 스트레칭에 해당한다. 떠오르는 대로 써 보는 것만으로도 굳어 있던 머리가 풀린다. 각각의 훈련법은 뒤에서 자세히 설명하겠지만, 특히 뇌를 스트레칭할 때는 띄어쓰기나 맞춤법에 신경 쓰지 말아야 효과가 크다.

둘째, 제대로 된 자세부터 익혀야 한다.

글 운동 초반에는 내가 잘 알고 있는 분야, 즉 쉽게 쓸 수 있는 내용을 다루면서 기본기를 익혀야 한다. 문장의 기본과 문단을 짜는 방법, 글의 구조, 그리고 퇴고. 이 정도가 기본기에 속한다. 기본기가 탄탄해야 글이 는다. 글에서 기본기란 기초 체력이기도 하다. 대한민국 월드컵 4강 신화를 이룬 히딩크 감독이 왜 기술보다 기초 체력 훈련에 집중했는지 생각해 보라.

셋째, 자세를 익혔으면 본격적으로 글 근육을 키워야 한다.

근육질의 멋진 몸매를 만드는 건 결국 중량 운동의 반복이다. 바벨을 들고, 또 들고, 다시 들고, 계속 들고, 자꾸 들고, 매일 들어야 근육이 생긴다. 글도 마찬가지. 많이 써 보고, 열심히 퇴고하면서 근육이 는다.

쓰는 자세가 몸에 익으면 본격적으로 고중량 운동을 할 차례. 내가 잘 모르는 분야, 혹은 새로운 장르에 대해 써 보면 뇌의 근력 향상에 폭발적인 가속도가 붙는다.

분명 강조하지만 무턱대고 반복만 한다고 해서 실력이 늘진 않는다. 처음엔 스트레칭으로 근육의 가동 범위를 늘리고, 가벼운 무게로 시작해 자세부터 익힌 다음 고중량을 드는 것이 순서다. 경직된 사고를 유연하게 만들고, 문장과 문단부터 제대로 다룰 줄 알아야 반복을 통해 글 근육이 생기는 것이다.

마지막으로, 운동과 글쓰기가 닮은 점은 성취감이다.

처음 운동을 시작하면 맨몸 스쿼트도 힘들다. 엉망인 자세부터 바로잡은 다음 반복해 가다 보면 차츰 바벨을 짊어지고도 너끈히 스쿼트를 할 수 있다. 그때부터 하루하루 늘어 가는 근력을 느끼다 보면 성취감은 물론 자신감도 솟구친다. 어떤 환경, 어떠한 난관이 와도 나라면 얼마든지 극복할 수 있다는 자신감.

글쓰기도 마찬가지다. 생각은 누구나 한다. 하지만 연기처럼 쉽게 흩어지고 마는 생각을 붙잡아 일목요연하게 글이라는 시각 정보로 풀어내는 건 아무나 못 한다. 꾸준한 노력을 통해 내 생각을 차분히 정리하고 글로 풀어낼 수 있게 되면 그 성취감은 이루 말할 수 없을 정도다. 글로 표현하는 데 일단 자신감이 생기고 나면 실력 향상에는 어마어마한 가속도가 붙는다. 근력 향상보다 훨씬 빠르게.

한편, 글을 잘 쓰려면 실제 운동도 병행하면 좋다. 생물학적 나이는 두뇌 활동에도 큰 영향을 끼친다. 운동은 노화를 막고 뇌 기능을 활성화하는 가장 좋은 방법이다.

한국인 대부분이 가지고 있는 글쓰기 트라우마

글쓰기가 어려운 이유는 자주 써 보지 않아서라고 흔히들 생각한다. 맞는 말이긴 하다. 자주 안 써 보니 쉽게 쓰는 요령도 당연히 모를 수밖에. 모르니 막연하고 어렵기만 하다. 하지만 실상은 그 이면에 심리적 요인이 훨씬 더 크게 작용한다. 가히 트라우마라 불러도 좋을 만큼 무의식 깊숙한 데 박힌 어떤 기억 하나가 당신의 발목을 잡고 있다. 쓰는 요령 즉, 기술적 측면에 대한 훈련도 필요하지만 그 전에 마음에서 무엇이 글쓰기를 두렵게 하는가를 먼저 살펴야 한다.

앞서 글쓰기 훈련을 수영에 비유한 바 있다. 많이 읽고 많이 써 보라는 식은 수영을 배우려면 무작정 물에 뛰어들라는 조언과 같다. 글 감각을 타고난 사람이라면 몰라도 대부분 그런 방식으로는 실력이 늘지 않는다.

수영과 글쓰기의 공통점은 또 있다. 몸에 힘을 빼야 물에 뜰 수 있듯이, 글을 쓸 때도 마찬가지다. 이때 몸에 힘을 빼란 말은 글을 쓰기 전 무의식중에 생기는 긴장감을 내려놓아야 한다는 뜻이다. 그렇다면 그 방법을 배우기 전에, 어째서 글을 쓸 때 힘이 들어가는 걸까?

우리나라에서 글을 쓰면 평가로 이어지는 경우가 대부분이다. 그 평가는 초등학교 시절로 거슬러 올라간다. 일기日記란 말 그대로 그날 겪은 일이나 생각, 느낌을 적는 '개인의 기록'이지만 초등학교에서는 숙제일 뿐이다. 그래서 선생님이 읽고 친절하게(?) 코멘트까지 달아 준다. '참 잘했어요.' 대체 뭘 잘했다는 건지 모르겠지만.

여기서 끝이 아니다. 대학 입시를 위해서는 논술 시험을 거쳐야 하고, 학창 시절 내내 리포트가 과제로 주어진다. 졸업 논문을 마지막으로 대학 생활과 함께 글쓰기 과제도 끝나나 싶지만 그렇지 않다. 사회인이 되면 다시 취업을 위해 이력서와 자기소개서를 꾸준히 써야 한다. 직장에 들어가면 또 각종 보고서와 제안서가 기다리고 있다.

글은 작가들이나 쓴다고 여기지만 일반인들도 무관하지 않다. 그리고 대중의 평가를 받는 작가들뿐 아니라 글을 쓰는 누구라도 평가로부터 자유롭지 않다. 심지어 글솜씨에 따라 당락이 결정되거나 계약 혹은 결제, 인사고과에 영향을 받기도 한다. 비즈니스 목적으로 블로그나 SNS 매체를 운영할 때도 역시나 글쓰기 실력이 성과와 밀접하다.

글만 썼다 하면 누군가가 읽고 평가한다. 성적, 취업, 승진, 비즈니스 성과에 영향을 끼친다. 게다가 이 사실을 스스로도 알고 있다. 당연히 부담스러울 수밖에. 마음에 부담만 켜켜이 쌓인 글쓰기가 즐거울 리도 만무하고. 재미가 없으니 실력 향상을 위해 노력하고자 하는 마음도 좀처럼 들지 않는다.

그래서 글쓰기 훈련은 크게 두 가지 과정으로 나뉜다. 기술, 그리고 심리. 글의 완성도를 높이려면 당연히 기술이 필요하다. 하지만 기술 못지않게 심리적인 측면도 중요하다. 애초에 글쓰기가 왜 어려운지를 알고 그에 대한 부담을 내려놓을 수 있어야 한다. 기술은 그다음에 익혀도 늦지 않다.

얼핏 먼 길을 돌아가는 듯하지만 심리적 측면으로 먼저 접근하는 편이 오히려 지름길에 속한다. 그 훈련법은 앞서 말한 수영의 두 번째 공통점과 같다. 몸에 힘을 쭉 빼면 한결 매끄럽고 자연스러운 문장이 나온다. 다시 강조하지만, 글을 잘 쓰려면 기술적인 훈련에 앞서 글을 쓴다는 행위가 주는 부담에서 자유로워질 수 있어야 한다.

어깨에 힘이 잔뜩 들어간 야구 선수는 결코 홈런을 치지 못한다. 마찬가지로 잔뜩 긴장한 테니스 선수는 어떨까? 농구는? 골프는? 거의 대부분의 운동이 마찬가지다. 몸에서 힘을 빼야 연습했던 동작이 제대로 나온다.

글쓰기가 그동안 왜 어렵게만 느껴졌는지 깨달은 것만으로 절반은 왔다. 교정矯正은 인지에서 출발한다. 이제 비로소 시작이다.

소설 창작에 뼈를 갈아 넣던 시절이 있었다. 소설가 김원우 선생님 따라 한답시고 종이에 펜으로 쓰곤 했는데, 손으로 밀고 나가는 그 느낌이 참 좋았다. 그때부터 일본 불매운동 전까지는 줄곧 '사라사 0.4mm'만 썼다. 제브라사에서 2000년부터 생산해 온 젤러펜이다. 젤gel이라 부르는 중성 잉크는 점도가 낮아 볼 펜에 비해 힘이 덜 들어간다. 연비가 안 좋아서 소설 한 편 쓰면 한 달에 최소 네댓 자루는 녹아 없어지는 단점이 있지만, 원고 위를 주행하는 맛이 있는 스포츠카 느낌의 멋진 펜이다.

요즘엔 아무 펜이나 손에 잡히는 대로 쓴다. 간단한 메모 외에는 펜 잡을 일이 거의 없기 때문이다. 대신 키보드에 까다롭게 군다. 키캡이 낮고 소음이 적은 팬터그래프 방식을 선호한다. 게임할 때야 타건감(누르는 맛)이 있는 기계식이 좋겠지만, 타이핑을 오래 하려면 키캡이 낮고 키압이 가벼워야 피로감이 덜하다. 이것저것 써 보느라 작업실에만 키보드가 무려 다섯 개나 있다. 강의를 맡고 있는 대학교의 문예창작학과 학과장님 연구실에도 PC 한 대에 무려 세 대의 키보드가 연결되어 있다. 이렇듯 선수들은 장비에 예민하다.

모니터는 두 대를 놓고 쓴다. 하나는 피벗pivot 모니터로 화면을 90도로 회전하여 세로로 본다. 포털 사이트도 한 화면에 들어오는데, 특히 블로그 포스팅이나 문서 작업할 때 편하다.

오로지 글만 쓰고 살던 시절에 꽤 오래 좌식 생활을 해서 그런지 지금도 집중할 땐 의자 위에서 양반다리를 하고 앉는다. 음악은 아예 듣지 않는다. 그렇다고 지나치게 조용해서 글이 안 써질 때면 카페로 백색소음을 일부러 찾아가기도 한다.

나는 어떤 환경에서 최고의 집중력을 발휘하는가?

글밥 먹고 사는 이들은 손끝에서 생각이 표현되는 그 순간의 느낌을 매우 중요하게 여긴다. 그래서 어떤 작가는 4차산업 어쩌고 하는 이 시대에도 여태 원고지를 고집한다. 구형 타자기로 한 글자 한 글자 정성 들여 찍어 내는 시인도 있다. 마이크로 녹음한 뒤 옮겨 적기도 하고, 요즘은 스마트폰에 먼저 기록한다는 이들도 많다. 한때는 분당 팔백 타만 넘어도 자랑이었는데, 요즘 이십 대 초반이나 십 대 청소년들은 키보드보다 스마트폰 자판에 더 익숙하다고 한다. 나름 젊게 산다고 생각하는데 이럴 때 세대 차이를 느낀다.

'스무 살이 지나가고 나면, 스물한 살이 오는 것이 아니라 스무 살 이후가 온다'는 문장으로 나를 어마어마한 질투심에 사로잡히게 했던 김연수 작가는 노트북으로 쓰기도 하고, 연필로 쓰기도 한다고 들었다. 또한 장편소설을 구상할 때면 등장인물마다 음악을 설정해 두고, 해당 인물에 대해 글을 쓸 때면 그 음악을 듣는다고 한다. 놀라운 디테일이다.

"어떻게 하면 글을 잘 쓸 수 있나요?"

이 질문에 대한 답은 여럿이겠으나 결국 핵심은 어깨에 힘을 빼는 데 있다. 내가 좋아하는 환경, 최적의 작업 조건을 구성하는 일도 신경의 분산을 막고 긴장을 줄여 결국 어깨에 들어간 힘을 빼기 위함이다. 그래야만 자연스러운 글이 나오기 때문이다.

앞으로 좋은 글을 쓰기 위한 다양한 기술을 배우겠지만, 그에 앞서 내가 어떤 환경에서 작업이 잘 되는지부터 먼저 파악해야 한다. 어떤 환경에서 최고의 집중력을 발휘할 수 있는지 알아야 글을 쓰든, 공부를 하든 성과를 높일 수 있다.

같은 꽃도 작은 화분에서는 한 뼘도 채 못 자라지만 제대로 된 환경만 조성해 주면 훨씬 크게 자란다. 줄기의 굵기부터 맺히는 꽃의 수도 다르다. 환경이 중요한 이유다.

글쓰기 환경 체크리스트

어떤 환경에서 최고의 집중력을 발휘할 수 있는지 체크해 보자.

1. 시간

☐ 오전 ☐ 오후 ☐ 저녁 ☐ 새벽

☐ 구체적인 시간대 : ____________________

2. 공간

☐ 사무실 ☐ 내 방 ☐ 카페

☐ 기타 : ____________________

3. 선호하는 글쓰기 도구

☐ PC ☐ 필기구(노트/펜) ☐ 태블릿 ☐ 스마트폰

4. 도구 상세

- 가장 좋아하는 필기구는? ____________________
- 선호하는 프로그램 혹은 매체는? (한글, MS워드, PPT, 블로그, 브런치 등) ____________________
- 좋아하는 키보드 스타일은? (기계식, 멤브레인, 팬터그래프 등)

____

글쓰기 부담을 덜기 위한 어깨 힘 빼기 훈련법

평소 안 하던 일을 처음 시작하면 흔히 긴장을 한다. 글쓰기도 그렇다. 매일 글 파먹고 사는 작가들도 눈앞에 커서가 깜빡깜빡 재촉하면 스트레스부터 받는다. 다만, 일반인들과 달리 스스로 긴장 푸는 방법을 잘 알고 있을 뿐.

글쓰기에 대한 부담을 덜기 위한 훈련은 여러 갈래가 있고, 개인마다 차이가 있긴 하나 누구에게나 필요한 대중적인 훈련법을 소개하고자 한다.

누군가 내 글을 읽고 평가한다는 사실에 대한 부담은 글쓰기에 큰 방해가 된다. 심리적 부담감도 구체적으로 상담을 해 보면 개인마다 차이가 있는데, 개선의 핵심은 결국 그러한 평가의 압박에서 자유로워지는 데 있다.

훈련은 비공개로 해야 한다. 일단 아무도 내 글을 읽지 않는다고 안심부터 해야 제대로 연습이 된다. 단, 무작정 비공개로 아무렇게 막 쓴다고 해서 실력이 늘진 않는다.

첫 번째 트레이닝 : 10분 글쓰기

하루 10분씩 비공개로 글을 쓴다. 누구는 30분씩 쓰라고 하지만 애초에 글을 써 본 적 없는 초보들에게는 가혹한 시간이다. 이 훈련은 어깨에 힘을 빼는 것이 목적이지, 긴 시간 쓰면서 기술을 익히고자 함이 아니다. 오히려 30분이라는 시간이 주는 부담감은 글쓰기를 더 힘들고 지치게 만들 수도 있다. 10분씩만 해도 충분하다. 단, 매일!

'10분 글쓰기'를 위한 매체로는 블로그를 권한다. 철저히 비공개로 작성할 수 있기 때문이다. 카테고리 하나를 아예 비공개로 설정해 두고 쓰면 실수할 위험이 없어 안심하고 쓸 수 있다.

반드시 블로그일 필요는 없다. '한글'이나 'MS워드'와 같은 문서 작성 프로그램에 쓴 다음 패스워드를 걸어도 되고, 누군가 훔쳐볼 위험이 없다면 노트에 써도 좋다. 어디든 내가 가장 자주, 쉽게 접할 수 있고 익숙한, 혹은 앞으로 익숙해질 만한 도구를 택하면 된다.

'10분 글쓰기'는 완성이 목표가 아니다. 하루 10분씩 정해진

시간에 글을 쓰는 행위, 그 자체에만 의미를 두면 된다. 따라서 기승전결이 있을 필요도 없고, 완결에 대한 부담을 가질 필요도 없다. 심지어 맞춤법도 생각하지 말아야 한다. 의식의 흐름이 끊어지기 때문이다. 어차피 혼자 볼 글에 띄어쓰기 좀 틀리면 어때.

그렇다면 뭘 써야 하나. 머릿속에 떠오르는 그대로 옮겨 적기만 하면 된다.

> 뭐라고 쓰지? 생각이 안 나는데. 몰라, 일단 써 보자. 오늘 뭐 했더라? 아침에 7시에 일어났다. 오늘따라 유난히 눈이 안 떠져 고생했다. 멍하게 30분을 앉아 있다가 우유와 토스트로 아침을 대신했다.

이런 식이다. 쓸 말이 생각 안 나면 '생각 안 난다'부터 쓴다. 정말 떠오르지 않으면 잠시 기다린다. 조바심 내지 않아도 된다. 채워야 할 분량 따위 없으니까.

몇 줄을 썼느냐, 글이 얼마나 논리적이냐도 중요하지 않다. 맞춤법에 안 맞고 오타투성이여도 괜찮다. 이 훈련의 유일한 목표는 '오늘 내가 10분 동안 뭔가를 썼다!'는 것이다. 그것만으로 충분하다.

마지막으로 중요한 한 가지. 내가 쓴 글을 두고 평가하지 않는다. 잘 썼네, 못 썼네 하지 말고 10분 동안 글을 쓰기만 하면 된다. 매일, 꾸준히.

'10분 글쓰기'는 무엇보다 꾸준함이 생명이다. 이 훈련의 의미는 글을 쓰는 행위 그 자체를 몸에 익숙하게끔 만드는 데 있다. 키보드로 쓰든, 펜으로 쓰든 상관없다. 단지 글을 쓴다는 행위에 익숙해지는 것만이 목적이다.

단, '10분 글쓰기'는 아직 몸이 풀리지 않은 초보들을 위한 일종의 스트레칭에 해당한다. 훈련의 시작으로는 더할 나위 없이 좋으나, 스트레칭만으로는 글 근육이 붙지 않음을 알아야 한다. 굳어 있던 뇌가 풀리고 나면 최소 30분, 본격적인 근력 운동을 시작해야 한다.

두 번째 트레이닝 : 친구에게 말하듯 쓰기

내 앞에 가장 친한 친구가 있다고 생각을 해 보자. 그리고 실제 대화하듯이 구어체로 써 본다. 글에 대한 부담과 긴장을 덜어내는 가장 손쉬운 처방이다. '10분 글쓰기'는 자유롭게 떠오르는 대로 쓰는 반면 '말하듯 쓰기'는 한 가지 주제를 미리 정하면 좋다. 내가 관심 있거나 잘 아는 분야에서 택한다. 예를 들어 사진 촬영에 이제 막 취미가 생긴 친구에게 내가 아는 정보를 알려준다고 가정해 보자.

> 야, 카메라 산다고? 뭐 살 건데? 캐논? 니콘? 많지. 뭐 하려고? 유튜브? 영상 쪽은 요새 소니가 잘 나간다더라. 이런저런 제품들이 있어. 일단 보급기랑 중급기, 고급 기종으로 구분하지. 당연히 성능 차이도 있고 가격 편차도 심해.

이런 식으로 일상 대화에서 쓰는 말투 그대로 쓴다. 이때 '이런저런 제품'은 나중에 검색을 통해 찾아서 넣으면 된다. 글을 쓸 당시에는 그냥 '이런 내용을 쓸 거야'라는 표시 정도만 해놔도 충분하고, 쓰는 행위의 흐름이 끊어지지 않는 데 초점을 둔다.

주제만 정한 다음 생각나는 대로 자유롭게 쓰면 되는데, 이는 마치 마트에서 메모 없이 장을 보는 상황에 비유할 수 있다. 파, 양파, 당근, 카레 가루, 사과, 양상추, 고기, 오징어, 두부… 일단 눈에 띄는 대로 장바구니에 담기만 하면 된다. 무슨 요리를 할지, 어떤 재료를 써서 몇 개의 요리를 만들지는 나중에!

당장 어딘가에 글을 제출해야 하는데, 도무지 안 써질 때도 이 방법은 유용하다. 일단 친구와 대화하듯이 편하게 쓰고 나중에 고쳐 쓰면 되니까.

머리에서 손끝까지 고속도로를 놓는다는 마음으로 매일매일 성실하게 10분씩 공사에 임해야 한다. 글을 쓰는 동안 내 앞에 앉은 친구는 비록 상상이지만 공사를 돕는 든든한 지원군이 되어 줄 것이다.

핵심은 머리에서 떠오른 생각을 손끝으로 잘 풀어내기 위해 중간에 연결된 도로가 잘 포장되어 있어야 한다는 것이다. 머리에 착상된 생각을 글로 잘 풀어내는 작가와 그에 서툰 일반인의 차이란 '구사할 수 있는 어휘량'과 머리에서 손끝까지 연결된 도로가 '고속도로냐, 비포장이냐', 이 두 가지에서 나뉜다.

글을 쓸 때 마음의 시선이 어디를 향하는가?

강의를 처음 시작할 땐 의외로 긴장을 안 했다. 강사가 꿈도 아니었고, 단지 '내가 아는 지식을 전해야겠다'라는 생각뿐이었다. 욕심이 없어 그랬는지, 혹은 '나는 강사다!'라는 프로 의식의 부재 덕분(?)이었는지는 몰라도 강사 생활 초기엔 떨어 본 기억이 없다. 그러다 강의 요청이 본격적으로 많아지면서 기왕 할 거면 제대로 해 보자 싶어 공부하기 시작했다. 유명 교수님을 찾아 강의 기법을 배우기도 하고, 강의 교안을 잘 만드는 기술도 익혔다. 그러자 놀라운 일이 벌어졌다. 안 하던 긴장을 하기 시작한 것이다. 강의 기술을 제대로 배우고 나서 오히려 떨게 되었다는 이 아이러니. 대체 왜?

글쓰기는 내 집에 온 손님께 음식 대접하는 과정에 비유할 수 있다. 손님이 뭘 좋아할까 생각해 보고 미리 재료를 다듬고 요리

해서 내놓는 것이다. 내 취향이 아니라 전적으로 손님 입맛에 맞아야 한다. 그게 제대로 된 대접이다. 기껏 방문한 손님께 '저 오늘 어때요? 오신다고 머리도 하고, 옷도 새로 사 입었는데 잘 어울리나요? 참, 이 바지는 세일할 때 반값에 샀어요. 괜찮죠?' 이러고 있다면? 그만한 실례가 또 없다. 바쁜 시간 쪼개어 왔더니 온통 자기 이야기만 하는데 좋아할 리가.

공개적인 글을 쓸 때는 내 글을 읽게 될 독자에게 집중하면서 뭔가 혜택을 제공해야 한다. 블로그를 예로 들어 보자. 제목에서는 '유튜브용 카메라 저렴하게 구매하는 법'이라는 간판을 걸어 놓아 들어왔더니 정작 내용은 온통 광고뿐이라면 어떨까? 광고를 통해 자기 잇속만 차리려는 글이 환대받을 리 없다. 손님 입장에서는 속된 표현으로 '낚인' 것이다.

블로그를 비즈니스 목적으로 이용하더라도 게시물의 80~90퍼센트는 정보를 담아야 한다. 온통 광고만 해 대는 채널을 누가 구독하겠나. 하물며 TV에서도 한 시간은 프로그램을 하고 십 분씩만 광고를 끼워 넣는다. 매체 운영도 그렇게 해야 한다. 방문자에게 볼 만한 정보를 제공하면서 광고는 적당히 하란 뜻이다.

목적을 가진 글의 성과도 마음의 시선이 어디를 향해 있느냐에 따라 달라진다. '누구를 위해 이 글을 쓰는가', '그들에게 어떤 이야기를 전할 것인가', '그 이야기는 독자에게 어떤 가치가 있는가'. 이를 깊이 고민해 봐야 한다. 내가 글을 잘 쓰는지, 전문가처럼 보이는지 따위는 중요하지 않다. 표현이 다소 서툴러도 괜찮다. 독자에게 뭐 하나라도 더 필요한 정보를 전하려는 그 진심만 전해진다면 그것으로 됐다. 이를 '진정성'이라고 한다.

한때 뭣 모르고 강의하던 시절이 있었다. 제대로 교수법을 배우고 나서 갑자기 긴장하고 떨기 시작했는데, 어느 날 문득 이런 생각이 들었다. 내가 강의를 하려는 목적이 뭐지? 청중들에게 도움이 되고자 함이 아닌가? '실수하면 안 돼. 긴장하지 말아야지. 혹시 내가 모르는 걸 질문하면 어떡하지?' 하며 온통 내게로 향해 있던 마음의 시선을 청중을 향해 돌리자 놀라운 일이 생겼다. 어제까지 긴장해서 말까지 더듬던 모습이 싹 사라진 것이다.

어깨에 힘을 빼는 훈련으로 '10분 글쓰기'와 '말하듯 쓰기'를 권했는데, 그 이전에 내 마음의 시선이 어디를 향하는지 살핀다면 더 쉽게 힘을 뺄 수 있다. 긴장을 내려놓고, 펜을 들 차례다. 생각해 보라. 내가 이 글을 왜 쓰는지. 그들에게 무슨 이야기가 하고 싶은지. 그들이 어떻게 변화하기를 원하는지.

어휘력 향상을 가로막는 의외의 나쁜 습관 GO

재밌고 맛깔나는 글을 쓰기 위해서는 어휘력이 바탕에 있어야 한다. 일단 어휘는 많이 알고 볼 일이다. 냉장고에 재료가 많아야 뭐든 원하는 요리를 하지, 달랑 김치 하나 있으면 만들 수 있는 요리도 제한된다.

또한, 다양한 재료의 특성을 알아야 제대로 된 요리가 나온다. 그래서 어휘력이란, 낱말에 대한 사전적 지식 외에도 다른 낱말과의 관계 속에서 가지는 섬세한 의미라든지 어감의 차이까지도 구분해 낼 수 있는 능력임을 알아야 한다.

그 미묘한 차이를 구분하려면 어휘 수집이 먼저다. 뻔하지만 정답은 독서다. 그런데 적지 않은 독서량을 가지고도 제 기량(어휘력)을 발휘 못 하는 경우도 많이 본다. 냉장고에 재료들이 그득한데도 정작 요리를 못하는 셈이다. 실력 발휘를 못 하게 하는 몇 가지 나쁜 습관을 짚어 보자.

첫째, 스트레칭 부족

경직된 사고는 특히 글 쓰는 습관조차 제대로 들지 않은 초보 작가들에게 가장 큰 난관이다. 동어 반복이 심한 글은 어휘력 부족이기도 하지만 바짝 긴장한 상태에서 썼기 때문이다. 굳은 몸으로 쓴 글은 문맥이 딱딱하다. 글쓰기란 머릿속 계란을 손끝까지 옮기는 과정이다. 머리부터 손끝까지 제대로 고속도로가 뚫려 있어야 안전한 배송이 가능하다. 그렇지 않으면 배송 과정에서 비포장길 위를 덜커덩덜커덩하며 그나마 알던 단어도 깨져서 형체를 알아볼 수 없게 된다. 해법은 단순하다. 자주 써 봐야 한다. 머리나 몸이나 자주 안 쓰면 굳는다.

둘째, 이모티콘, 지시대명사 난발

글에서 툭하면 '이것', '저것', '그것' 하면서 지시대명사를 남발하고 있다면 전형적인 어휘력 부족증이다. 가리키는 대상을 명확하게 표현할 단어를 모르기 때문이다. 독서량 부족이 주원인이지만 한편으로는 평소 구체적인 표현을 많이 써 보지 않아서 그렇기도 하다.

구체적인 표현을 잘 안 쓰게 된 원인에는 이모티콘의 폐해가 크다. 문자 메시지나 블로그 등에서 이모티콘만으로 감정 표현을 대신하는 경우를 많이 보는데, 다소 우려스럽다.

'재밌다', '흐뭇하다', '즐겁다', '유쾌하다', '신난다', '행복하다' 같은 다양한 어휘 대신 '^^'이나 'ㅋㅋㅋ'로 표현하고 만다. '슬프다', '안타깝다', '미안하다', '절망적이다' 등의 표현은 죄다 'ㅠㅠ' 하나로 대신할 수 있다. 요즘은 이모티콘만 가지고도 어지간한 감정 표현을 다 할 수 있다. 각종 메신저에는 온갖 감정 표현을 대신할 만한 이모티콘이 셀 수 없이 많다. 신상 이모티콘이 쏟아질수록 내 표현력의 범위는 점점 줄어든다는 사실을 모르고 있다.

'^^乃'이나 '엄지 척'하는 이모티콘 스티커 대신에 '네가 그렇게 말해 주니 든든하다'라든지, '네가 최고야. 역시 기대를 저버리지 않는구나'라고 구체적인 표현을 자꾸 해 봐야 어휘력이 는다.

셋째, 욕설

최악의 습관이다. 말과 글은 하나다. 말 잘하는 사람이 글도 잘 쓰고, 글 잘 쓰는 사람이 말도 잘한다. 말이든 글이든, 자기표현을 제대로 하지 못하는 사람들을 보면 평소 욕설을 자주 하는 이들이 많다. 특히 청소년들에게서 그런 모습을 흔히 볼 수 있다. 이해는 한다. 욕 한마디면 센 척할 수 있으니까.

하지만 욕은 뇌에서 다른 단어보다 무려 네 배나 강하게 각인된다. 감정의 뇌를 강하게 자극해 이성적 판단을 저해하는데, 욕설을 듣는 순간 통제력을 잃게 되는 것도 이 때문이다.

자, 지금 내가 아는 가장 심한 욕설 열 가지만 떠올려 보라. 혼자 있다면 입 밖으로 뱉어 봐도 좋다.

내가 아는 가장 심한 욕설 열 가지 :

이제 책장을 앞으로 넘기지 말고 욕설 이전에 읽었던 '어휘력 떨어뜨리는 나쁜 습관 첫 번째와 두 번째'를 다시 떠올려 보라. 아마 생각나지 않는 사람이 많을 텐데, 욕이 이 정도로 뇌에 막

대한 영향력을 끼친다. 여러 단어를 불러 주면서 중간중간 욕을 섞으면 대개 욕만 기억에 남지 평범한 단어는 거의 떠올리지 못한다.

욕은 뇌를 변화시킨다. 우리가 상대에게 거친 언어를 듣게 되면 해마의 크기가 작아지는데, 해마는 뇌의 다른 부위로 신호를 전달하는 역할을 한다. 학습과 기억에도 관여한다. 거친 언어를 들은 경험이 많은 아이들일수록 해마 크기는 평균보다 작았고, 심지어 일부 뇌 회로 발달도 늦어진다는 연구도 있다.*

욕을 하는 가해자라고 해서 다를 바 없다. 마찬가지로 뇌 발달이 느려지고 해마의 크기 또한 평균 이하에 머문다. 자기 감정을 적절하게 언어로 표현하지 못하기 때문에 뇌 발달이 더뎌지는 것이다.

욕하는 버릇은 비단 어휘력 문제에 그치지 않고 인지능력까지 떨어뜨린다. 무계획 충동성 또한 욕설을 많이 사용하는 그룹이 더 높았고, 인지 충동성은 더 크게 차이가 났다. 문제 해결 능력 또한 크게 떨어지는 모습을 보였다.**

---

* 카이스트 정범석 교수 연구팀.

** 실험 디자인 : 서울대 심리학과 곽금주 교수 연구팀.

어휘력을 향상시키는 좋은 습관

여러 단어를 자주 써 봐야 하는데, 우선 일상에서 이모티콘 대신 구체적인 표현을 하려는 노력부터 기울여야 한다. 이모티콘을 쓰지 말라는 뜻이 아니다. 고명처럼 곁들이는 정도여야지, 그것만 써서는 점점 표현력이 약해질 수밖에 없다. 안 쓰는 근육은 퇴화한다. 근 손실을 막으려면 지속적으로 근육을 사용해야 한다.

3부에서도 다시 언급하겠지만 어휘력 향상을 위해서는 한자 공부가 필수다. 우리말의 약 70퍼센트 이상이 한자이기 때문이다.

독서하면서나 글을 쓰면서 자주 사전을 찾아보는 습관도 좋다. 명확한 사전적 의미를 알고 나면 단어를 더 적확하게 사용할 수 있을 뿐더러 유의어나 반의어를 동시에 공부하면서 어휘력을 폭발적으로 키울 수 있다.

제 2 장

글 근육을 키우기 위한 기초 훈련

완성도 높은 글을 쓰기 위한 핵심 두 가지

산만한 글, 전하고자 하는 핵심이 불분명한 글, 지나치게 난해한 글이 공통적으로 놓치는 두 가지가 있다. '좋은 글', '잘 쓴 글'에 대해서도 다양한 기준과 정의를 내릴 수 있겠으나, 성취 측면에서 보자면 이 또한 같은 두 가지 측면에서 핵심을 짚을 수 있겠다.

타깃, 그리고 목적. 글을 쓰기 전에 이 두 가지만 염두에 두고 쓴다면 비록 전달 방법은 서툴지언정 방향을 잃지 않고 무사히 목적지에 도달할 수 있다.

첫째, 누가 내 글을 읽게 되는가?

글을 쓰려면 먼저 내 글의 독자가 누구인가를 생각해 봐야 한다. 똑같은 주제로 글을 쓰더라도 어린이를 대상으로 하느냐,

성인을 대상으로 하느냐에 따라 분량과 문체, 주제에 대한 깊이와 접근 방식이 달라진다. 연령대라든가 성별, 혹은 직업 등의 특정 기준에 따라 독자를 세분화할 수 있어야 그들의 관심사가 보인다. 그들이 가려워하는 곳을 정확히 짚을 수 있는 것이다.

타기팅은 글쓰기뿐 아니라 마케팅에서도 성패를 가르는 매우 중요한 요소다. '모든 사람'을 대상으로 하는 콘텐츠는 '어떤 사람'의 마음도 움직이기 힘들다.

둘째, 글의 목적이 무엇인가?

마트에서 장을 볼 때 구매 목록을 미리 적어 가면 과소비를 막을 수 있다. 그렇지 않으면 이것저것 눈에 띄는 대로 담게 된다. '이 문장 멋있는데?', '저 이야기 매력적인데?', '맞아, 이 내용 중요하지!' 하면서 생각나는 대로 마구 쓸어 담으니 글은 쓸데없이 길어지는 한편 온갖 맥락 없는 정보들이 뒤섞여 산만해진다.

초고는 그래도 되고, 또 그래야 한다. 최대한 많은 정보를 담는 것이다. 많은 데서 빼는 편이 쉽지, 없는 데서 쥐어짜 내기란 어렵다. 그러나 퇴고를 거쳐 다듬어진 원고에서도 여전히 지저분한 정보들이 많으면 핵심 주제를 가린다. '이 작가는 대체 무은 말을 하려는 걸까' 싶은 글은 대개 욕심이 지나쳐서 그렇다.

모든 글에는 목적이 있다. 정보를 전달하기 위해서는 객관적인 사실을 일목요연하게 정리할 수 있어야 한다. 상대를 설득하기 위해서는 명확한 주장과 근거가 필요하다. 특히 독자의 행동 변화를 이끌어 내려면 그 변화로 얻게 될 혜택을 강조하면 좋다. 감동이나 재미를 주기 위해서는 독자가 이야기에 충분히 몰입하고, 공감을 느낄 만한 서사가 필요하다. 이러한 목적부터 분명히 하지 않으면 내가 하고 싶은 이야기를 마구 떠오르는 대로 쓰게 된다.

나는 (　　　　　　　　　)에게

(　　　　　　　　　　　　)한 목적으로

(　　　　　　　　　　　　)는 내용을 쓰고 싶다.

전달하고자 하는 내용을 제대로 표현하기 위해서는 이 괄호부터 채우고 펜을 들어야 한다. 내 글을 누가 읽으면 좋을까? 그리고 이 글을 쓰는 목적은 무엇인가? 그 목적을 달성하기 위해 무슨 이야기를 할 것인가?

초고 쓰기가 중요한 이유와 초안 잡는 방법

책상을 튼튼하게 조립하는 팁이 있다. 먼저 상판과 다리를 지지할 나사를 대충 조여 모양부터 잡은 다음 대각선 방향으로 차례로 조여 준다. 처음부터 한쪽 나사를 너무 단단히 조이면 반대편 상판이 들뜨게 될 위험이 높다.

책상을 조립하는 이 간단한 노하우는 글쓰기에도 적용된다. 서론부터 완벽하게! 본론도 두 번 손댈 필요 없이 탄탄하게! 결론까지 한 번에 완벽하게! 당신이 타고난 천재라 하더라도 이렇게 쓰기는 어렵다. 돌을 손에 잡히는 대로 툭툭 한 번에 올려서 과연 얼마나 높이 석탑을 쌓을 수 있겠나.

수정을 고려하지 않은 글쓰기는 처음부터 힘이 많이 들어갈 뿐더러, 완성 후에도 어딘가 들뜨고 삐걱대는 글이 될 위험이 높다. 일필휘지(一筆揮之, 한숨에 글씨나 그림을 쓰거나 그림)란 환상에 불과하다. 글밥 먹고 사는 작가들조차도 한 번 쓴 글을 수십 번에서 수백 번까지 고치고 다듬는다.

좋은 글을 쓰는 과정은 크게 두 단계로 나뉜다. 초고, 그리고 퇴고. 초고란 본격적인 요리를 하기 전 냉장고에 있는 재료를 몽땅 꺼내 놓는 행위에 해당한다. 머릿속에 있던 추상적인 정보들을 일단 시각 정보인 글로 다 옮겨 놓고 나면 내가 할 수 있는 요리가 뭔지 분명해진다.

요리가 그렇듯, 글도 한 번에 완벽하게 써지지 않는다. 생각해 보면 누구나 끄덕끄덕하지만, 막상 펜을 들면 마치 그게 가능할 것처럼 쓴다. 초고에 대해서는 일찍이 소설 『노인과 바다』로 유명한 어니스트 헤밍웨이가 명료하게 정의한 바 있다.

"모든 초고는 걸레다!"

자, 그렇다면 지금부터 걸레를 한번 만들어 보자.

초고 쓰는 방법

'초고'라는 말에서 '초'의 한자어를 물어보면 대개 '처음 초初'라 답하는데, 흥미롭게도 '풀 초草'를 쓴다. 초고草稿. 들판에 난 잡풀처럼 여기저기 듬성듬성, 아무렇게나 풀이 자란 모습에 대한 비유다. 동시에 글을 시작하는 방법까지도 알려 준다. 한 번에 완성하려는 욕심을 버리고 그저 휘뚜루마뚜루 써 나가면 된다.

누구에게, 어떤 목적으로, 무슨 이야기를 전할지 정하고 나면 일단은 쓰고 싶은 내용을 떠오르는 대로 막 써 내려가는 것이다. 뭘 더하고 빼고, 순서를 바꾸고, 문장을 다듬고 하는 일은 나중에. 일단 시작!

염두에 둘 것은 초고를 쓸 때 마음가짐과 태도다.

⊙ 초고 쓸 때의 마음가짐

1. 한 번에 완성하려는 마음을 버린다.
2. '어차피 수정할 건데'라는 마음으로 쓴다.
3. 첫 문장에 대한 두려움과 부담을 내려놓는다.

⊙ 초고 쓸 때의 태도

1. 아무것도 고려하지 말고 쓴다.
2. 서론, 본론, 결론을 구분하지 않는다.
3. 맞춤법에 신경 쓰지 않는다.

생각이 안 나면 '생각이 안 난다. 뭐라고 쓰지?'라는 말부터 써 내려가면 된다. 자연스럽게 어깨에 들어간 힘을 빼고 긴장을 풀어 주는 스트레칭 효과가 있다. 머리에 떠오르는 대로 쓰면 최대한 많은 글감을 모으는 데도 도움이 된다. 또한 의식의 흐름도 유연해지고 머리와 손끝을 이어 주면서 글도 매끄럽게 나온다.

글감 모으는 방법과 메모의 기술

음식을 할 때 식재료는 일단 많고 볼 일이다. 다 쓰지 않더라도 말이다. 무슨 요리를 할까 선택의 폭도 넓어지고, 같은 요리도 더 깊고 풍성한 맛을 낼 수 있다.

글도 마찬가지. 누구를 대상으로, 어떠한 목적으로 쓰든 글감은 최대한 많이 모아 둘수록 좋다. 특정 분야에 꾸준히 글을 연재하고 있다면 글감 수집은 더더욱 중요하다.

글감 수집 노하우

글감 수집은 어디서 할까? 뻔한 답이지만, 일단은 책이다. 글감을 모으기도 좋지만, 동시에 독서는 문장력과 어휘력, 표현력도 키워 준다. 주로 짧은 에피소드나 정보 위주로 엮은 책이 글감 찾기에 좋다. 대표적으로 베르나르 베르베르의 『상상력 사전』은 글을 쓸 때는 물론 강의할 때도 쓸 만한 자료가 많다. EBS 방송국에서 만든 각종 프로그램과 출간한 책들도 마찬가지.

⊙ 포털 사이트 활용 : 네이버 메인

네이버는 검색 서비스 외에도 다양한 정보를 제공하는 포털 사이트다. 네이버 메인 화면 중간에 보면 '오늘 읽을 만한 글'이라는 탭이 있는데, 총 열 개의 주제로 구분되어 있다. 관심 주제를 미리 설정해 두면 주제별로 분류된 다양한 글을 쉽게 찾아볼 수 있다.

⊙ 출판사 공식 블로그 및 포스트 구독

출판사들은 신간 홍보를 위해 책 내용 일부를 요약해 콘텐츠로 만들어 블로그나 포스트, 인스타그램 등에 올린다. 책 한 권을 다 읽지 않더라도 이 콘텐츠만 잘 찾아보면 글감 수집이 한결 쉬워진다. 출판사에서 운영하는 공식 블로그나 포스트를 구독하기만 하면 된다. 다만 책에서 읽은 내용을 활용할 땐 저작권을 침해하지 않도록 주의해야 한다.

글감 기록 노하우

아무리 좋은 글감도 정작 필요할 때 찾지 못하면 쓸모가 없다.

그래서 글감은 수집하면서 제대로 기록할 수 있어야 한다.

기록 방식에 정답은 없다. 내가 자주 이용하는 매체, 익숙해서 쓰기 편한 매체에 기록해 두면 된다. 무엇보다 내가 쓰기 편해야 한다. 주제에 따라, 키워드에 따라 다시 찾기 편하게 분류하되 정리에 지나친 시간 낭비는 금물이다. 예쁘게 정리하느라 애쓸 필요 없다. 기준은 단 하나, 훗날 다시 찾기 편해야 한다.

늘 손에 들고 다니는 스마트폰은 가장 좋은 기록 매체다. '에버노트'가 유명하지만 앱스토어에서 '메모'라고만 검색해 봐도 수많은 어플을 찾을 수 있다. 개인적으로는 네이버 메모 어플을 자주 쓴다. 네이버 블로그에 글을 자주 쓰는 편이고, PC 환경에서도 바로 확인할 수 있기 때문이다.

◉ 의외로 편한 파워포인트

책을 읽다가 마음에 드는 구절이 있으면 스마트폰 카메라로 찍어 둔다. 이때 출처 표기를 위해 표지도 같이 촬영하면 좋다. 내용만 찍으면 훗날 무슨 책인지 잊어버릴 수 있으니까. 촬영한 이미지는 폴더에 따로 저장해 두기도 하고, 활용도가 높은 내용이라면 파워포인트에 따로 담기도 한다.

파워포인트는 이미지와 텍스트는 물론 링크까지 손쉽게 입력할 수 있어

매우 편리한 프로그램이다. 주제별로 제목을 크게 써 놓고 복사한 글이든 링크든, 이미지든 붙여 넣기만 하면 된다. 다양한 글감을 한 번에 확인할 수 있어서 글을 쓸 때나 강의 준비할 때 유용하다.

글쓰기의 기본 ① : 문장 만들기

집을 나설 땐 목적지가 분명해야 헤매지 않는다. 목적 없이 산책을 나서기도 하지만 어디까지나 혼자일 때이고, 당신을 따르는 일행이 있다면 반드시 목적지를 알려 줘야 한다. 글도 그렇다. 좋은 글은 대상과 목적이 분명하다. 누가 읽는지, 왜 이 글을 썼는지.

글쓰기를 지도하는 입장도 마찬가지. 대상과 목적을 생각하지 않으면 단지 강의를 위한 강의가 되고 만다. '체언은 조사의 도움을 받아 주체 구실을 하며, 조사는 다시 격조사와 보조사로 나뉘고, 관형어는 그 체언을 수식하는 역할을 한다'는 식의 국어 교과서 같은 지도는 재미도 없고, 의미도 없고, 성과도 없다. 그렇게 해서는 늘지 않는다.

문장과 문장이 만나 문단을 이루고, 문단과 문단이 모여 한 편의 글이 완성된다. 장르 불문하고 이 문장과 문단을 구성하는 기본기가 부족하니 긴 글을 쓰기가 어렵다. 바로 이 대목에서 글쓰기가 어렵다고 느낀다.

문장을 다루는 방법은 어렵지 않다. 체언이 어쩌고, 조사가 저쩌고는 몰라도 된다. 한국말만 할 줄 안다면 이미 문장을 다룰 만한 실력은 충분하다. 두 가지만 기억하면 된다.

첫째, 문장은 가급적 짧게 쓴다.

수타면을 기이이일게 뽑아내는 건 장인들이나 가능한 영역이다. 초보들이 흉내 내 봐야 면의 길이를 감당하지 못한다. 비문, 오문, 악문 투성이인 글을 보면 죄다 길게 쓴 문장들이다. 짧아야 정확해진다. 짧아야 분명해진다. 짧아야 한 호흡에 먹기(읽기) 좋다. '주어와 동사만으로 문장을 만들고 싶다.' 김훈 작가의 말이다. 하물며 장인들도 짧고 명료한 문장을 선호한다. 여기에 다음 두 번째의 힌트가 숨어 있다.

둘째, 주어와 동사만 연결해 본다.

다음 예문을 보자.

1. 나는 칼럼을 쓴다.

2. 나는 블로그에 칼럼을 쓴다.

3. 나는 블로그에 글쓰기를 주제로 칼럼을 쓴다.

4. 나는 지난해부터 블로그에 매주 화요일마다 글쓰기를 주제로 칼럼을 쓴다.

5. 나는 지난해부터 블로그에 매주 화요일마다 글쓰기를 주제로 칼럼을 쓰고 있는데, 이렇게 글을 쓰면서 나부터도 성장의 계기가 되는 것이다.

문장이 점점 길어지는데, 5번 문장은 어딘가 어색하다. '매주 칼럼을 쓴다'는 문장과 '글을 쓰며 성장하고 있다'는 두 개의 문장을 묶었는데 연결이 부자연스럽다. 긴 문장을 제대로 썼는지가 궁금하면 주어와 동사만 읽어 본다.

1~4번 문장은 '나는 쓴다'로 요약된다. 하지만 5번은 '나는 ~ 되는 것이다'로 뭔가 어색하다. 퇴고할 때 이런 문장을 찾아서 고쳐야 한다. 수정 방법은 간단하다. 둘로 쪼개면 된다. 다시 첫 번째 조언으로 돌아가서, 문장을 가능한 짧게 써야 하는 이유다.

글을 쓸 때 낱말 하나당 천 원씩의 사용료가 통장에서 빠져나간다고 생각해 보라. (상상하니까 글쓰기를 아예 포기하고 싶어진다.)

다시! 원고료 백만 원을 먼저 받았다고 가정해 보자. 최대한 낱말을 아껴 써야 이윤이 남는다.

초보 작가들은 분량 채우기에 급급하다. 준비한 소재도 빈약하고 맛깔나는 문장을 다룰 실력도 스스로 부족하다 여기니 어떻게든 말을 길게 늘이려고만 든다. 한 번 우려낸 멸치에 두 번, 세 번 자꾸 물을 부어 대니 깊은 맛이 날 수가 없다. 말을 최대한 아껴 쓰려다 보면 농축된 언어에서 깊은 맛이 난다. 이게 바로 언어의 경제성이다.

글쓰기의 기본 ② : 문단 만들기

문장과 문장이 모이면 문단이 된다. 다들 어려워하는 대목이기도 한데, 문단 구성에 서툴면 성긴 글이 된다. 문단을 구성하는 방법도 핵심은 단순하다. 하지만 이 단순한 걸 반복적으로 연습해야 글 근육이 붙는다.

문단을 구성하는 방법

문단은 하나의 에피소드로 이뤄진다. 혹은 중심 문장과 이를 뒷받침하는 문장들로 구성된다. 페이스북에 게시물 하나를 올린다고 생각하면 이해가 쉽다. 길어야 200~300자 정도가 한 호흡에 읽기 적당한 분량인데, 실제 한 문단도 이 정도 길이면 충분하다. 참고로 이 글의 첫째 줄부터 바로 윗 문장 '충분하다'까지가 273자이다.

⦿ **문단 = 하나의 에피소드**

= 중심 문장 + 뒷받침 문장

블로그 운영 초반에는 방문자 수에 연연하지 말아야 한다.**중심 문장** 방문자 수를 높이기는 쉽다. 인기 카테고리를 공략하거나 실시간으로 검색 순위에 오른 이슈를 다루면 된다. 그러나 이러한 방법들은 내 블로그 정체성과 브랜딩에는 도움이 안 된다. 또한 이슈성 글은 짧게 스쳐 지나가는 방문자가 대부분이고, 체류 시간도 짧아져 장기적으로는 독이 될 수 있다.

그렇다면 운영 초반에는 무엇에 집중해야 할까?**앞 문단과 흐름을 이어 주는 문장** 방문자 수보다는 콘텐츠. 방문자가 오래 머물며 읽을 만한 가치가 있는 글, 나아가 구독할 가치가 있는 블로그가 되도록 신경을 써야 한다.**중심 문장** 콘텐츠가 좋으면 방문자도 오래 머무르며 읽게 되고, 그러면서 블로그 품질도 점차 높아진다. 이웃도 자연스럽게 늘어난다.

중심 문장의 위치는 얼마든지 바뀔 수 있다. 다만, 하나의 문단에 중심 문장은 반드시 하나만 넣어야 한다. 따라서 각 문단은 중심 문장 하나로 요약할 수 있어야 한다. 그 핵심 메시지를 중심으로 근거나 예시 문장을 잘 뒷받침해 주어야 문단이 탄탄하게 제 모양을 갖춘다. 한 편의 글은 이렇게 짜인 문단과 문단이 모여 완성된다.

글의 완성도를 판가름하는 세 가지

글의 완성도는 세 가지로 따져 볼 수 있다. 첫째, 문장과 문장 연결이 얼마나 촘촘하고 자연스러운가. 둘째, 뒷받침 문장들이 중심 문장을 제대로 받아 주고 있는가. 셋째, 문단과 문단의 연결이 자연스럽게 이어지는가. 첫 번째, 문장 연결만 잘 되면 두 번째와 세 번째는 절로 이뤄진다.

하지만 초보 작가들은 문단 구성을 특히 힘들어한다. 실제 쓴 글의 모양만 보면 대개 이런 식이다.

한두 문장 정도를 나열하고 엔터. 다시 한 문장 쓰고 엔터. 문단을 전혀 구성하지 못하는 것이다. 블로그 콘텐츠가 대부분 이런 식이다.

그렇다면 블로그 글은 왜 이렇게 쓰는가? 가독성이 좋기 때문이다. 특히 모바일은 가로 폭이 매우 좁다. 한 줄에 문장 하나도 제대로 담지 못하는 좁은 폭에 익숙해 있다가 넓은 PC 화면을 보면 가로로 긴 글은 읽기가 어렵다. 요즘 젊은 세대들의 문해력이 낮은 이유기도 하다.

그래서 블로그 글도 대개 문장을 제대로

이어 가지 않고 이렇게 뚝뚝 부러뜨려서 쓴다.

길어야 모니터의 절반을 넘지 않는 선에서.

눈동자를 좌우로 크게 움직이지 않고도

이렇게 술술 잘 읽히기 때문이다.

오히려 원고 작성법에 맞게 쓴다면 모니터로는 읽기 어려울 수 있다. PC나 모바일은 종이에 인쇄된 활자와는 분명 가독성에 차이를 보인다. 따라서 문장 가운데를 뚝뚝 부러뜨려 쓰는 방식을 탓할 수만은 없다. 그러나 지면으로 인쇄되는 글이라든지, 특히 칼럼과 같이 전문성을 드러내려면 기본적인 원고 작성법을 따라야 신뢰감이 생긴다.

맞춤법이 글쓰기 훈련에 독이 된다고?

다음 중 띄어쓰기를 옳게 한 것은 무엇일까?

핑계삼아 / 거울 삼아

외딴 섬 / 외딴성

먹을 지 말 지 / 떠난지 / 먹은지

고민할 필요 없다. 정답은 없으니까. 다음이 올바른 띄어쓰기다.

핑계∨삼아 / 거울삼아

외딴섬 / 외딴∨성

먹을지∨말지 / 떠난∨지 / 먹은∨지

'지'의 경우 시간의 경과를 나타내는 의존명사로 쓰일 때만 띄어 쓰고 나머지 어미로 쓰일 땐 모두 붙여 쓴다. '핑계 삼아'와 '외딴 성'은 '삼다'와 '외딴'이 각각 동사와 관형사이기 때문에 띄어 쓴다. 띄어 쓸지 붙여서 쓸지가 헷갈리면 원형을 사전에서 찾아보면 된다.

거울삼다 : 남의 일이나 지나간 일을 보아 본받거나 경계하다.

그런데 '거울삼다'와 '외딴섬'은 왜 붙여 쓰느냐. 사람들이 많이 써서 하나의 단어로 굳어져서 그렇다.

맞춤법 : 어떤 문자로써 한 언어를 표기하는 규칙. 또는 단어별로 굳어진 표기 관습.

맞춤법의 사전적 의미가 곧 맞춤법이 어려운 이유다. 규칙 자체도 어렵지만, 표기 관습까지 법칙에 포함하기 때문이다. 관습이란 사회에서 구성원들이 오랫동안 해 온 질서나 풍습을 말한다. 쉽게 말하자면 많은 사람들이 오랫동안 사용한다면 그 또한 법칙으로 인정해 준다는 뜻이다. '자장면'과 함께 '짜장면'도

표준어로 인정하게 된 것처럼.

꽃이 많이 피었어요.

꼬치 마니 피어써요.

두 문장을 소리 내어 읽으면 차이가 없다. 하지만 글에서 두 번째와 같이 소리 나는 대로 쓰면 어떤 단어는 구별이 불가능해진다. 예를 들면 '반듯이[直]'와 '반드시[必]'는 발음이 같으나 글에서는 '반드시' 구분을 해 줘야 정확한 의미를 전달할 수 있다. 그래서 맞춤법은 중요하다. 의미 전달은 물론 글의 완성도와 작가에 대한 신뢰도까지 좌우하기 때문이다.

맞춤법의 두 얼굴

글쓰기를 이제 막 시작하는 단계, 특히 초고 쓰는 법부터 차근차근 몸에 익혀 가는 단계라면 맞춤법에 당장은 신경 쓰지 마시라 권해 드린다. 오히려 해가 될 수 있기 때문이다. 특히 초고를 쓸 때는 걸림돌이 되기도 한다.

'~한 지'에서 '지'를 붙여 쓰던가? 아니, 띄어 써야 하나?

왠/웬? 개수/갯수? 되요/돼요?

베개/배게/배개? 김치찌개/김치찌게?

부담 없이 편하게 써야 하는 초고 작업에서 이렇게 몇 줄 쓰다가 맞춤법, 띄어쓰기에 신경 쓰다 보면 의식의 흐름이 자꾸 끊어진다. 이게 문제다. 초고를 쓸 때는 이런 사소한 부분도 굉장한 방해 요소로 작용한다.

다시 강조하지만, 맞춤법 따위 중요하지 않으니 신경 쓰지 말라는 뜻이 아니다. 나중에 수정할 때, 퇴고 과정에서도 가장 마지막 단계에 보면 된다. 구체적인 퇴고 방법은 뒤에서 자세히 다룰 예정이다.

마춤법 거 좀 틀리면 안대? 외않되?

맞춤법은 전 국립국어원장님도 어렵다고 고백했다. 그러니 일단 맞춤법에 대해서는 우리 모두 크게 부담 안 가져도 되겠다. 그럼에도 불구하고 맞춤법은 올바른 의미 전달을 위해 신경은 써야 한다. 특히 누군가에게 내 글을 보일 때는 더더욱. 자기소개서를 비롯해 포트폴리오나 각종 기획안, 보고서 등 공적인 글에서 이런 식으로 '마춤뻡도 틀리고그러면 실뢰도에 금이 가지

안겠나'. 작성자의 지적 수준마저 다 드러난다.

하지만 일기 쓸 때나, 나의 내면을 들여다보기 위해 혼자, 비공개로 글을 쓸 땐 굳이 신경 쓰지 않았으면 한다. 나만 볼 거니까! 나를 관찰하기 위해 글을 쓸 땐 오롯이 내 마음에만 집중하면 된다.

◉ '맞춤법' 정리 & TIP

- 맞춤법은 퇴고 마지막 단계에서!
- 초고를 써 나가는 과정에서는 전혀 신경 쓰지 말 것!
- 띄어쓰기가 헷갈릴 때, 정석은 사전을 찾아보는 것!
- 온라인에서 맞춤법 검사를 제공하는 사이트를 활용하자!

제 3 장

본격 글 근육 벌크업 훈련법

필사는 과연 글쓰기에 도움이 될까?

서두에서 언급한 '다독, 다작, 다상량'은 정석처럼 여겨지는 방법이지만 무턱대고 따라 해서는 별 도움이 안 된다. 오해가 없도록 다시 강조하지만, 기초도 없이 무턱대고 따라 하지 말라는 뜻이지 필요 없다는 말이 아니다. 결국 글 근육을 키우려면 많이 읽고 써 봐야 한다.

다독과 다작이 도움 되려면 제대로 읽고 써야 하는데 그 방법이 바로 정독精讀이다. 문장 하나하나의 뜻을 새겨 가며 자세히 읽는다는 뜻이다. 정독을 할 줄 모르면 만 권의 책을 읽어도 변화와 성장이 더디다.

그렇다면 '쓰기'에 있어서 '정精'* 은 어떻게 해야 할까? 대표적

* 精[정할 정/찧을 정] : 정성을 들여 거칠지 않고 매우 곱다. 깨끗하다. 정성스럽다.

인 방법이 바로 '필사筆寫', 즉 베껴서 써 보는 것이다. 필사는 글을 한 자 한 자 정성껏 옮기면서 내용을 꼼꼼하게 정독하는 행위다.

필사를 하다 보면 문장과 문단을 다루는 방법, 글의 구조는 물론 맞춤법까지 두루 배울 수 있다. 그리고 필사한 글이 쌓이기 시작하면서 차츰 다양한 어휘와 표현력도 자연스럽게 몸에 배어들기 시작한다. 굳이 머리로 외우려는 노력을 하지 않아도 몸에 저절로 밴다.

또한 좋은 글을 필사하다 보면 작가가 집필할 당시 경험했던 의식의 흐름도 느껴볼 수 있다. 이는 단순히 읽기만 했을 때와는 사뭇 다른 느낌인데, 작가의 상황과 감정에 이입하면서 깊은 몰입을 체험할 수 있다.

필사 제대로 효과 보는 법

어떤 글을 베껴 쓰면 좋을까? 우선은 단순하게 접근하면 된다. 문학 작품을 쓰고 싶다면 해당 장르를, 논리적인 글을 쓰려면 칼럼이나 사설을 베껴 써 본다. 그리고 철저히 본인 기준에서 술술 편안하게 잘 읽히면 나와 잘 맞는 글이라 볼 수 있다. 글을 풀어내는 스타일, 길이, 문장의 리듬감이 내 스타일과 잘 맞기 때문이다.

또한 중문*이나 복문**이 지나치게 많은 글이나, 문장 호흡이 긴 만연체보다는 주로 짧은 문장으로 이뤄진 간결한 글이 좋다.

한편 필사가 실제로는 문장력 향상에 별 도움이 안 된다는 주장도 있다. 실제 그런 경우도 있긴 하다. 우선 정독이 아니라 단순히 베끼는 행위만 이뤄져서 그렇고, 혹은 베껴 쓰는 글에 문제가 있어도 필사는 헛수고가 된다.

그 문제란, 첫째로 글의 수준이 안 맞았을 때다. 수준이 지나치게 높거나, 반대로 형편없거나. 중학생이 박사 논문을 열심히 베껴 본들, 혹은 유치원생 수준의 글을 열심히 옮겨 본들 의미가 없다.

둘째, 좋은 글이라 할지라도 스타일이 나와 맞지 않으면 마찬가지로 도움이 안 될 수 있다. 이해를 돕기 위해 이런 비유는 어떨까. 유재석, 강호동, 전현무, 신동엽은 TV 시청자라면 모르는 사람이 거의 없을, 대한민국 최고의 MC들이다. 이들 중 한 명이 이제 막 방송인을 꿈꾸는 사회 초년생이라 가정해 보자. 예를 들

---

* 중문(重文) : 두 개의 문장이 대등한 관계로 접속하여 이루어진 문장. '겨울이 가면 / 봄이 온다.'

** 복문(複文) : 절을 하나의 문장성분으로 가지고 있는 문장. '철수는 영희가 예쁘다고 생각한다.'

면 유재석이 공채 시험을 준비하며 열심히 강호동 스타일을 흉내 낸다면? 또는 전현무나, 신동엽을 따라 한다면? 필사로 효과를 못 봤다는 대부분의 원인이 여기에 있다. 나와 맞지 않는 스타일의 글을 베껴 썼기 때문이다. 필사하기 좋은 책을 추천해 달라는 물음이 난처한 이유기도 하다.

그렇다고 해서 내 스타일에 안 맞는 글의 필사가 꼭 헛수고라 보긴 어렵다. 글의 수준만 맞는다면 다른 스타일의 글도 가끔은 필사해 볼 만하다. 또 다른 화법을 익히는 계기가 되기 때문이다. 하지만 대체로는 내 화법에 어울리는 글을 옮겨 써 봐야 도움이 된다.

글을 키보드로 옮기는 건 도움이 전혀 안 된다고 할 수는 없으나 단순한 기계적 행위로 변질될 확률이 높다. 마음에 드는 노트 한 권 사서, 좋아하는 펜으로 한 글자 한 글자씩 정성 들여 써나가길 권한다.

사고의 깊이는 철저히 어휘량에 비례한다. 그리고 어휘량이 풍부한 사람이 말도 잘하고, 글도 잘 쓴다. 당연한 소리다. 쓸 수 있는 어휘가 많으면 많을수록 문장의 표현도 다채로워진다. 검은색 물감 하나만 가진 화가와 삼원색(빨강, 노랑, 파랑)을 다 가진 화가의 표현 범위는 압도적으로 차이 날 수밖에 없다. 좋은 글을 쓰려면 책을 많이 읽으라고 하는 이유다. 서툰 외국어로 자기소개를 해 보면 바로 알 수 있다. 'My name is'까지는 뱉고 보는데, 이후부터 뇌에 심한 버퍼링이 걸리기 시작한다.

학창 시절 영어 공부할 때 개인적으로는 단어 암기가 가장 힘들었다. 어떠한 논리도, 이야기의 흐름도 없는 단순 암기. 그래서 나름 터득한 방법이, 교과서를 반복해 읽으면서 이야기를 통째로 외워 버렸다. 문장을 반복해 읽으면 이야기가 먼저 머리에 들어오고, 단어 뜻은 자연스레 익혀진다.

돌이켜 생각해 보면, 단어에 반복되는 '접두어'나 '접미어'로 쓰이는 낱말의 어원을 공부했다면 아마 독해가 더 쉬웠을 듯하다. 이를테면 'anti'는 뭔가에 '반反하다'라는 의미를 가지고 있다. '사회social'에 '반anti'하면 '반사회적인anti-social'이 된다. 뒤에 붙는 단어 뜻을 몰라도 'anti'가 붙어 있으면 뭔가에 '반대'하고 있다는 의미로 해석할 수 있다.

그래, 영어는 그렇다 치고 우리말을 제대로 쓰려면? 한국말을 잘 쓰기 위해서는 한자 공부를 해야 한다. 한자를 직접 쓸 수 있을 정도로 완벽할 필요는 없다. 이를테면 '반'이라는 말은 한자어에 따라 쓰임이 다양하다는 정도만 알아도 충분하다. 몇 가지 경우만 예를 들면 다음과 같다.

半 : 둘로 똑같이 나눈 것의 한 부분.

班 : 작은 집단.

反 : 돌이키다, 돌아오다, 되돌아가다, 되풀이하다, 반복하다, 반대하다, 뒤집다.

우리말은 크게 고유어와 한자어, 그리고 외래어로 구성되어 있다. '새색시', '갈무리', '깜냥', '꼬투리', 이런 말은 한자어에 없는 순우리말, 즉 고유어다. 참고로 '사흘'은 '세 날(3일)'을 의미하는 순우리말이다. 사흘이라 해서 4일이 아니다.

2020년, "8월 17일이 임시공휴일로 확정되었다"라는 기사에 '사흘 연휴'라는 제목이 붙자 "3일 쉬는데 왜 4일 쉰다고 하냐"며 항의성 댓글이 달렸다. "요즘 문해력 수준이 우려스럽다", "모를 수도 있지. 이게 상식이냐"며 찬반 여론이 이슈가 되기도 했다. 하긴, '4흘(4일이라는 의미로)'이라고 쓴 기사도 있으니 신문 독자들 수준만 탓할 일은 아닌 듯싶다.

한자어는 그 낱말의 기원이 중국이든 일본이든 한국이든, 우리말 어휘의 70퍼센트 이상을 차지한다. 게다가 한자는 명사뿐만 아니라 9품사(명사, 대명사, 수사, 동사, 형용사, 관형사, 부사, 조사, 감탄사)에 두루 쓰인다. 한자는 『천자문』을 한 권 사서 몇 번 읽어 보기만 해도 충분하다. 『천자문』은 대표적인 한문 습자 교본으로 불리지만 사실 사언절구의 한시漢詩이다. 중국 남북조시대 양 무제 때의 학자인 주흥사(470~521)가 지었다. 이 한시의 대단한 점은 사언고시四言古詩 이백오십 구로 이루어졌으면서도 글자가 하나도 겹치지 않는다는 것이다. 때문에 예부터 한문을 배우는 사람들의 입문서로 좋다.

글재주 없는 당신에게 필요한 기초 체력 훈련

일기 쓰기

> 사람들이 말수가 적은 이유는 할 말이 없어서가 아니라, 상대가 내 말에 관심이 없다고 생각하기 때문이다. 과묵함은 '성격'이 아니라 과거의 인간관계 속에서 기대가 무너져 생긴 '습관'이다.
>
> — 마이클 니콜스, 『대화의 심리학』

말수 없는 사람은 글에서도 과묵할까? 입이 무겁다고 해서 반드시 손끝(글)도 과묵하다는 법은 없다. 하지만 막상 펜을 들어도 딱히 할 말이 없다는 분들이 많은데 관계 속에서 기대가 무너져 생긴 습관이라기보다 단지 서툴러서 그렇다. 물론 '사람들은 내 이야기에 관심이 없을 거야'라는 생각도 글쓰기를 주저하게 만들 수 있다.

말과 글에 과묵한 사람들이 서툰 두 가지

말도 그렇지만 손끝이 과묵한 사람들은 대개 두 가지에 서툴다. 소재를 찾는 데 서툴거나, 표현에 서툴거나. 글감은 흔히 책과 신문에서 많이 찾아보라고 하지만, 그렇지 않다. 애초에 표현에 서툴면 당장엔 별 도움이 안 된다. 먹으면 뭐 하나, 소화를 못 시키는데. 그렇다면 소재는 어떻게 찾을 수 있을까? 그리고 표현은 어떤 식으로 연습해야 할까?

글감을 찾고 글로 표현하는 기술을 자연스럽게 익히기 위한 방법으로는 일기 쓰기를 권한다. 글쓰기 자체에 부담을 느끼고 어려워하는 사람에게도 좋은 훈련이다. 그런데! 할 말이 없어 글도 못 쓰겠다는데 하물며 일기라고 쉽게 써지겠나. 이 경우 몇 가지 요령이 있다.

⊙ '일기 쓰기'의 3단계 :

① 단순 기록 → ② 감정 탐색 → ③ 선별과 집중

꼭 1, 2, 3단계를 순서대로 따를 필요는 없다. 글쓰기가 처음이라 서툰 분들을 위한 구분일 뿐이며, 익숙한 단계에서 시작하면 된다.

기초 체력 훈련 : 일기 쓰기

● 1단계 : 단순 기록

처음 시작 단계에서는 하루에 있었던 일을 '있는 그대로' 기록해 본다. 어렵게 생각할 필요 없다. 몇 시에 일어났고, 아침은 언제 뭘 먹었는지…. 하루 동안 뭘 했는지, 사건 위주로 기록하면 된다. 기억이 안 나면 건너뛰어도 괜찮다. 누구한테 보여 주기 위함도 아니고, 강박적으로 일상을 빠짐없이 기록하려는 목적도 아니다. 그날 있었던 일을 시간 순으로, 기억나는 대로 나열하면 된다.

● 2단계 : 감정 탐색

기록 자체가 익숙해지면 이제는 각각의 사건에 대한 내 생각과 기분, 감정을 덧붙여 본다. 아침에 일어났을 때 기분은 어땠는지, 식사를 할 때, 누구를 만났을 때, 특정 사건에 대해 느꼈던 점을 쓴다. 그마저도 거창하게 다룰 필요 없다. 처음엔 '기분이 좋았다 / 나빴다' 정도로 시작하면 된다.

● 3단계 : 선별과 집중

다음은 일상의 기록 중 그다지 중요하지 않은 일을 기록에서 제외하는 동시에 중요한 일, 특히 기억에 남는 사건을 집중적으로 다뤄 본다.

일기 쓰기의 핵심

일기뿐 아니라 앞으로 제시할 글쓰기 훈련 중 퇴고를 제외한 거의 모든 방법을 실천할 때 반드시 염두에 두어야 할 점이 있다.

1. 글을 쓰는 행위 자체가 몸에 익숙해지는 것이 우선.
2. 문장력, 글의 논리와 구조, 맞춤법 등을 따지지 않는다.
3. 훈련 과정에서 쓴 글은 절대로 타인과 공유하거나 스스로 평가하지 않는다.

일기 쓰기 초반에는 하루에 있었던 일들을 가능한 자세하게 쓴다. 오로지 최대한 길게 쓰는 것만을 목표로 하고, 맞춤법이나 문장의 완성도는 따져 묻지 않는다.

과묵함도 하나의 표현 방식이다. 말을 많이 한다고 해서 설득력이 높아지는 것도 아니고, 목소리가 크다고 해서 없던 카리스마가 생기지도 않는다. 글도 마찬가지. '~하는 것이다!!!'라고 혼자 손가락 끝에 힘 빡 줘 봐야 아우라는 그리 쉽게 생기지 않는다. 글에서 과묵함은 지루하고 의미 없는 문장과 수식어를 걷어 내고 반드시 필요한 문장만을 간결하게 사용할 때 생긴다. 다만, 다크하면서도 섹시한 카리스마를 가지려면 처음엔 지나치게 수다스럽다 싶을 정도로 하고 싶은 말을 실컷 쏟아부을 줄도 알아야 한다. 가방 속 물건을 먼저 책상 위에 다 쏟아 내고 나면 오히려 정리가 쉽고 더 빨리 끝나는 것과 같은 이치다.

여러 편 쓰기 VS 한 편을 계속 고치기

여기 두 사람의 블로거가 있다. A 블로거는 포스팅을 매일, 하루도 빠지지 않고 한다. B는 일주일에 한 편이나 두 편 정도의 글을 올린다. 문장력을 단순 비교할 순 없겠지만 출발선이 같다고 가정했을 때 누구의 글솜씨가 더 빨리 늘까?

근육은 반복으로 만들어진다. 마찬가지로 문장력을 키우기 위한 글 근육 역시 반복으로 성장한다. 바벨을 여러 차례 들었다 놨다를 반복해야 근육이 생기듯, 글도 많이 읽고 많이 쓰는 노력을 해야 는다.

글쓰기 근육을 키우기 위해 중요한 핵심은 두 가지다.

첫째, 글의 목표와 구조

글쓰기는 레고 조립과도 같다. 가장 먼저 목표부터 세워야 한다. 비행기를 만들지, 성을 지을지, 또 크기는 어느 정도로 할지. 목표가 정해져야 무슨 색깔, 어떤 모양의 블록이 몇 개나 필요한지 계획이 선다.

조립 과정에서는 전체 모양을 가늠하면서 내가 지금 어디를 조립하고 있는지 부분을 본다. 목표가 분명하고 구조를 제대로 파악하고 있으면 조립 과정에서 수정하기가 쉽다. 날개가 너무 짧은가, 색깔이 너무 단조롭나, 이런 단점들이 한눈에 들어오는 것이다.

글도 마찬가지다. 목표가 분명한 가운데 전체 구조까지 알면 퇴고가 훨씬 쉬워진다. 여러 구조가 있는데, 몇 가지는 이미 학교에서 배운 바 있다.

서론–본론–결론 / 기승전결 / 육하원칙

'서론 – 본론 – 결론'으로 이루어진 삼단 구성은 논문이나, 설득을 목적으로 하는 글에 적합하다. 가장 널리 쓰이는 구조로 그만큼 대중들에게도 익숙하다는 장점이 있다. 서사적 흐름이 있는 소설이나 드라마, 영화는 흔히 '기승전결'의 구성으로 흔히 쓰인다. '육하원칙'은 언론 기사에 적합한 구조로 '누가, 언제, 어디서, 무엇을, 어떻게, 왜'라는 여섯 가지 요소를 통해 사건의 전말을 빠짐없이, 일목요연하게 전달할 수 있다.

이 밖에도 글의 구조는 다양하게 나뉜다. 글쓰기 강의 때 다루는 몇 가지를 소개하자면, 스토리를 활용한 'SPB', 교육학 이론에서 차용한 '4MAT', 메타포를 활용한 '중첩된 고리(수미상관 기법)' 형태 등이 있다. 단순히 구성의 세련미를 더하기 위함이 아니라 독자의 감성과 무의식의 영역으로 접근하는 기술이다.

SPB는 전하고자 하는 메시지와 연관된 스토리Story를 먼저 말한 다음 그에 대한 핵심Point, 그리고 그 핵심을 잘 이해했을 때 독자(혹은 청중)가 얻게 될 혜택Benefit 순으로 설계된 구조다. 글쓰기뿐 아니라 강사들이 강의 때 많이 활용하는 구조이기도 하다.

4MAT는 이유why와 내용what, 구체적인 방법how, 그리고 이를 통해 얻게 될 혜택이나 비전what if으로 구성되며, 이 역시 강의 설계에도 많이 쓰인다.

마지막 '중첩된 고리'는 수미상관 기법을 말하는데, 글의 첫머리와 마무리가 서로 연결된 구조이다. 서두에 완결되지 않은 이야기를 펼쳐 놓고 독자가 지속적인 관심을 갖게 만든 다음 결론에서 답을 전하면 본문 내용과 이야기가 연결되면서 이해도를 높이고 오래 기억되게 만들 수 있다.

이렇게 다양한 구조를 많이 알면 알수록 더 다양한 장르의 글을 쓸 수 있다. 유튜브, 블로그 등 말과 글이 중심인 매체를 운영할 때도 마찬가지. 체계적인 구조를 잘 익히면 응용도 쉽고 독자들에게도 더 다채로운 콘텐츠로 다가갈 수 있다. 무엇보다 구조를 훤히 들여다보고 있으면 내 마음대로 모양을 다듬으며 독자와 밀당이 가능해진다.

둘째, 근력을 키워 주는 끈질긴 퇴고

매일 새로운 글을 올리는 블로거 A.

일주일에 한두 편씩 올리는 블로거 B.

단순 비교로는 당연히 A의 실력이 빨리 는다. 하지만 매일 새로운 글을 올린다는 건 그만큼 콘텐츠 하나에 투자하는 시간이 상대적으로 짧다는 의미다. 만약 B가 글을 주 1~2회만 올리는 대신 하나를 붙들고 끈질기게 수정하면서 완성도를 높이려고 노력한다면 시간이 지났을 때 문장력은 오히려 B가 훨씬 더 빨리 향상된다.

글 한 편을 두고 끝까지 매달리는 퇴고는 문장력을 키우는 가장 좋은 운동법이다. 아령 한두 번 들고, 팔굽혀펴기 두어 번 하고, 턱걸이 한두 번 해서는 근육이 잘 붙지 않는다. 여러 편의 글을 많이 써 봐도 실력이 좀처럼 늘지 않는 이유다. 매일 10분씩,

비공개로 꾸준히 글을 써 보라는 건 다른 맥락이다. 일종의 스트레칭에 해당한다. 스트레칭과 별개로 글 한 편(아령 하나)을 들고 지칠 때까지 들었다 내렸다를 반복해야 근육이 생긴다.

세상엔 '열심히'만으로 안 되는 일들이 분명 있다. 그저 '노력'이라는 두 글자만 믿고 덤벼 봐야 이내 한계에 부딪힌다. 제대로 된 방법을 알아야 노력도 빛이 나는 법이다.

글의 핵심을 강조하고 구조를 탄탄하게 만드는 비법

고무줄 글쓰기

매주 토요일마다 참석하는 조찬 모임이 있다. 여러 회사 대표들이 모여 각자 사업 분야 소개도 하고 인맥도 쌓는 자리다. 자기소개를 하는 시간이 삼 분씩 주어지는데, 어떤 분은 주어진 시간을 한참 넘겨 무려 십 분을 잡아먹고도 이런 생각이 들게 만든다.

'그래서 저 사람은 대체 무슨 사업을 한다는 거지?'

말이나 글이나 같다. 뭐가 중요한지, 뭘 강조해야 할지, 애초에 독자나 청중이 무슨 이야기에 관심이 있는지 모르면 하염없이 줄줄줄 길어진다. 또한 글의 구조를 설계할 줄 모르면 전체의 균형이 안 맞거나 산만해진다. 서론이 너무 길거나, 근거와 사례가 너무 빈약하다든지, 용두사미로 끝난다든지.

글쓰기 분야의 스쿼트, 고무줄 글쓰기

글에서 핵심을 강조하는 법, 그리고 전체의 구조를 보며 균형을 잡는 방법은 따로 있다. 지금부터 소개할 훈련을 통해 자연스럽게 몸에 익힐 수 있다. 3장 시작에서 다룬 '필사'는 운동에 비유하자면 가벼운 조깅과 같다. 크게 힘들진 않지만 효과를 보려면 꾸준히, 오래 해야 한다. 하지만 지금부터 소개할 훈련법은 바벨 스쿼트 정도의 수준으로 강도가 꽤 높다. 하지만 제대로만 하면 단기간에도 눈에 띄는 실력 향상을 스스로 느낄 수 있을 것이다.

핵심을 강조하고 구조와 논리를 탄탄하게 만드는 훈련법은 바로 '고무줄 글쓰기'다. 이 훈련법은 두 세트로 이뤄져 있다. 특정 주제를 정해 글을 쓰는데, 최대한 길게 쓴다. 최소 A4 한 장 이상. 다 썼으면 글을 다시 줄여 나간다. 줄이는 과정을 반복해 한 문장만 남긴다. 여기까지가 첫 번째 세트이다. 두 번째 세트에서는 마지막 남은 한 문장을 가지고 다시 글을 써 본다. 이번에는 무작정 길게 쓰는 것이 아니라 주제에 적당하다고 판단되는 분량을 정해 놓고 쓴다. 이 두 세트를 몇 번 반복해 보면 좋다. 두 번째로 완성한 글을 다시 줄이고 또 길게 써 보기를 반복한다.

고무줄 글쓰기

● **1세트**

1. 특정 주제를 정한 다음 글을 써 본다. 단, 최대한 기이이일~게! 억지로 쥐어짜 낼 필요까진 없지만 최소 A4 한 장 이상. 두 장 이상이면 더 좋다. 글자 크기 10포인트로 한 장 반 정도 쓰면 글자 수로는 대략 2,500자. 최소한 2,000자 이상은 써 봐야 훈련이 된다.
2. 완성된 글 내용을 절반으로 줄인다. 두 장 분량을 썼다면 한 장으로 줄인다.
3. 다시 절반으로 줄인다. 줄인 내용을 또 반으로 줄인다. 이 과정을 거쳐 A4 절반까지 요약해 본다.
4. 마지막으로 세 문장으로 줄이고 다시 최종 한 문장만 남긴다.

● **2세트**

최종 한 문장을 가지고 다시 글을 써 본다. 기존에 썼던 글은 참고하지 말고, 아예 처음부터 다시 쓴다. 이번에는 무작정 길게 쓰는 것이 아니라 주제에 적당하다고 판단되는 분량을 정해 놓고 쓴다.

● **반복**

두 세트를 기본으로 세트를 몇 번 반복해 본다. 두 번째 완성한 글을 다시 줄여서 한 문단까지 남기고 또 길게 써 보기를 반복한다.

⦿ '고무줄 글쓰기' 추가 TIP

— 무슨 주제로 써야 할지 생각이 안 날 때

앞으로 쓰고자 하는 분야라면 좋고, 내가 관심 있거나 어느 정도 지식이 있는 분야, 혹은 자기 소개를 해 보는 것도 좋다.

혹은 훈련의 변형으로, 남이 쓴 글을 줄여 보는 방법도 좋다. 신문 사설이나 칼럼 등 잘 쓴 글 중에 분량이 적당한 것을 골라 줄여 본다. 그다음 해당 주제에 대해 나만의 화법으로 다시 써 본다.

'고무줄 글쓰기'의 효과

쓰고, 줄이고, 다시 늘리기를 반복하면 글의 구조가 자연스럽게 눈에 들어온다. 줄이는 과정에서 내 글의 핵심이 무엇인지를 다시 한번 생각해 보게 되고, 그 핵심을 강조하기 위해 어떤 내용이 필요한지를 선별하는 눈이 생긴다.

평소 말은 장황한데 핵심이 없는 분들에게도 고무줄 글쓰기는 매우 좋은 훈련이다. 발표를 앞두고 할 말을 미리 써 본 다음 이렇게 줄여 보면 좋다. 몇 차례 반복해 훈련하다 보면 주어진 시간이 몇 분이든 얼마든지 맞출 수 있고, 짧은 시간에도 임팩트를 줄 수 있다.

조찬 모임에 처음 나갔을 때, 마침 내 순서 바로 앞에 어느 영어 교육 관련 전문가가 먼저 인사를 했다. 그 이야기를 이어받아 나는 자기소개를 이렇게 했다.

"저는 앞서 인사하신 저분처럼 영어를 유창하게 하지는 못합니다. 그러나, 상대가 한국말만 알아듣는다면 저는 누구라도 설득할 수 있습니다."

때로는 상대를 설득하기 위해 단 두 마디면 충분하다.

이미지를 활용한 글쓰기

모임에서 자기소개를 할 때 한 가지 암묵적인 룰이 있다.

"안녕하세요, 저는 인천에 사는 서른아홉 김철수입니다. 직업은 마케터고요, 지인 소개로 모임에 참여하게 되었습니다. 결혼은 했고, 아직 아이는 없습니다."

인사 – 거주 지역 – 나이 – 이름 – 직업 – 참여 계기 – 결혼 여부 – 자녀 유무. 첫 주자가 이 순서로 자기소개를 마치고 나면 정말 신기하게도 다음 사람부터는 거의 다 이 형식을 따른다. 열에 아홉이 그렇다. 한두 사람까진 괜찮은데 일곱 명, 여덟 명 넘어가기 시작하면 슬슬 뇌에 과부하가 걸린다. 이 사람이 그 사람인지, 저 사람이 이 사람인지 헷갈리기 시작하는 것이다. 오늘 처음 만난 사람들이 죄다 비슷한 내용으로 소개하는데 제대로 기억에 남을 리 만무하다. 1분. 이 짧은 시간

동안 청중들에게 나를 한 방에 각인시킬 수 있는 방법은 없을까?

상투적인 내용에서 벗어나 창의적으로 나를 표현하는 훈련

다음 아홉 개의 이미지들 가운데 하나를 선택해 보자. 마음에 드는 것이 없다면 인터넷에서 '나를 가장 잘 표현하고 있다'고 여겨지는 이미지를 찾아도 좋다.

잠시 생각을 정리한 다음, 이미지가 담고 있는 내용을 토대로

1분 내외로 자기소개를 해 보자.

나비 이미지를 택했다고 해서 "나비는 ~한 특성이 있고…"라며 설명할 필요는 없다. 이미지에 대해 설명하느라 귀한 1분을 낭비하지 말아야 한다. "꽃을 찾아 자유롭게 날아다니는 삶은 얼마나 매력적일까요?" 이 정도면 나비에 대한 설명과 동시에 내 삶의 지향점을 표현하기에도 괜찮은 시작 아닌가.

요컨대 이미지에서 나름의 키워드를 뽑아낼 수 있어야 한다. 이를테면 서로 맞잡은 손에서는 '협력'을, 생뚱맞게 거리에 놓인 의자에서는 '자유로움'과 '창의성', '독창성' 등의 키워드를 뽑아낼 수 있다. 불의 이미지에서는 화염이 주는 '강렬함'과 '에너지'가 느껴진다. 향수에서는 '(보이지 않는) 매력', '영향력'을, 카메라에서는 '기록', '관찰' 등의 키워드를 찾을 수 있다.

"사람들은 누구나 저마다의 고유한 스토리를 가지고 있습니다. 전 우주를 통틀어 유일한, 그렇기에 그 자체로 이미 위대한 스토리입니다. 하지만 정작 본인만 그 사실을 잘 모르고 삽니다. 본인이 가진 스토리가 얼마나 대단한지 말입니다. 스토리텔러는 없던 이야기를 새롭게 지어내는 사람이 아닙니다. 어쩌면 본인조차 몰랐던 고유한 스토리를 찾아 드리는 역할을 합니다. 오직 당신만이 가지고 있는 스토리, 제가 찾아 드리겠습니다. 저는 브랜드 스토리텔러 최원대입니다."

글은 체계적인 훈련과 더불어 전문가로부터 피드백을 받았을 때 가장 빨리 는다. 작가 지망생들이 문예창작학과에 지원하는 이유다. 이 책에서 소개하는 훈련법들은 문예창작학과에서 차용하고 있는 방식은 아니다. 하지만, 필자가 이십 년간 글쓰기에 대해 고민하면서 개발한 방식들이고, 많은 제자들을 거쳐 검증받은 훈련법이다. 그 훈련법 중 단시간 내 가장 빠른 성취를 보이는 방법 하나를 소개하고자 한다.

단시간 내 문장력을 향상시키는 방법

문예창작학과를 다닐 때는 대상 하나를 놓고 표현해 보는 훈련을 많이 했다. 이를테면 창밖의 나무를 보면서 외형에 대한 묘사를 하다가 차츰 은유적 표현을 써 보는 식이다. 어렵게 생각할 거 없다. 나무의 모양과 크기, 색깔 등을 먼저 묘사하면 된다. 좋은 시를 쓰기 위한 훈련 중 하나이고, 방법은 쉬운데 다만 제대로 된 성과를 내려면 전문가의 조언이 필요해서 혼자 해 보라고 권하기엔 무리가 있다. 하지만 혼자 연습하고 비전문가끼리도 피드백 받기 좋은 훈련법이 있다. 바로 영상을 보고 장면을 글로 옮기는 것이다.

다음 영상을 시각 장애를 가진 친구에게 설명한다 생각하고 글로 옮겨 보자.

https://www.youtube.com/watch?v=ryfOhsFnlf8

글은 목적에 따라 양식과 문체가 달라진다. 이 영상을 촬영하는 목적인 시나리오로 만든다면 이렇게 간단하게 쓸 수 있다.

#1 울창한 숲 속을 달리는 자동차.

#2 초행길인 듯 표지판 살피며 운전하는 운전자 모습.

#3 보조석에 앉은 저승사자 발견하고 놀란다.

#4 운전자 보며 웃는 악마. “Sorry.”

#5 자동차 경적과 경보음 울리고.

#6 뒤늦게 앞을 보는 운전자.

#7 벌목 현장 앞에서 급브레이크로 아슬아슬 멈춘 자동차.

#8 운전자, 악마를 보며 “Sorry.”

#9 머쓱한 표정의 악마.

#10 벤츠 정면 샷.

군더더기 없이 핵심적인 장면만 묘사하고 있다. 시나리오란 촬영을 목적으로 쓴 글이다. 따라서 문법적으로 정확한 문장이나 원고 작성법에 얽매일 필요가 없다. 촬영하는 감독이 읽고 이해하면 그만이다. 감독이 그 장면을 머릿속에 떠올릴 수만 있다면 잘 쓴 글이다.

하지만 영상을 보고 글로 표현하는 연습을 할 때는 최대한 자세히 묘사를 해 봐야 제대로 훈련이 된다. 전체적인 풍경부터 놓치기 쉬운 디테일한 부분 하나하나까지, 영상을 반복해 보면서 최대한 자세하게 표현해 본다.

연습용 영상을 선택할 때는 영화나 드라마보다는 길이가 짧은 CF가 연습하기엔 적합하다.

벤츠 CF 연습 예

곧게 뻗은 울창한 나무 숲길을 빠른 속도로 달리고 있는 자동차. 스타카토로 짧게 끊어서 연주하는 피아노 음악은 경쾌하면서도 한편으로 묘한 분위기를 자아낸다.

운전자의 시선으로 본 을씨년스러운 하늘은 당장이라도 뭔가 튀어나올 듯 음산한 분위기를 숲길에 드리운다. 초행길인 듯 사방을 주시하는 운전자는 길을 둘러보다 문득 보조석에서 인기척을 느낀다.

갑작스레 등장한 악마의 모습에 화들짝 놀라는 운전자. 악마는 음흉한 웃음을 지어 보이며 앞으로 당신에게 벌어질 일을 한마디로 요약한다.

"Sorry."(미안하게 됐네.)

다시 정면을 보는 악마의 시선을 따라 앞을 보자 길 한복판에서 공사가 진행 중이었고, 길게 뻗은 나무 둥치가 자동차 정면을 향하고 있다. 일촉즉발의 상황. 깜짝 놀란 운전자는 반사적으로 브레이크를 밟는다. 짧은 파열음을 내며 나무와 아슬아슬한 거리에서 멈춰 선 자동차.

짧게 한숨 돌린 운전자는 악마를 쳐다보며 그가 했던 말을 돌려 준다.

"Sorry."(미안하게 됐네.)

피아노 연주음이 다시 들리며 자막으로 등장하는 광고 카피.

Senses danger and increases braking power. (위험을 감지하고 브레이크 파워를 높여줍니다.) BAS PLUS.

Mercedes-Benz

낯선 분야에 대해 글 쓰는 법

벌써 십오 년이 넘은 일이다. 강남, 어느 병원 홍보팀에 입사할 당시 1, 2차 면접을 모두 통과하고 마지막 관문을 남겨 두고 있었다. 신문사에 보낼 의료 칼럼을 몇 편 써오라는 테스트였는데, 기자 출신도 아닌 데다가 칼럼? 그것도 의료 분야? 당연히 한 줄도 써 본 경험이 없었다.

글밥 먹고 살다 보면 이따금 익숙하지 않은, 잘 모르는 분야에 대해 글을 써야 할 때가 있다. 한번은 HP에서 출시된 워크스테이션 모델에 대한 홍보 글을 의뢰받았다. 컴퓨터에 대한 글이라고는 블로그에 '노트북 새로 샀어요'라는 자랑 외에는 써 본 적 없고, 전문 지식은커녕 윈도우 혼자 설치할 수 있게 된 것만으로도 스스로가 너무 대견한 수준이다. 그런 내가 최신 컴퓨터 모델에 대해, 그것도 일반 리뷰도 아닌 전문 바이어들을 설득하기 위한 글을? 사실 처음엔 글의 목적과 대상을 듣고 고사했었다. 그런데 어렵게 생각할 거 없다길래 결국 일을 받았다.

익숙하지 않은 분야에 대한 글쓰기는 어렵다. 하지만 누구나 과정과 방법만 알면 가능하다. 그리고 글쓰기 실력을 제대로 키우고자 한다면 모르는 분야에 대해 글을 써 보는 훈련이 반드시 필요하다.

글쓰기를 배우는 당신이 낯선 분야에 대해 글을 써 봐야 하는 이유

익숙하지 않은 분야에 대한 글쓰기는 어렵지만 도전 자체로 의미가 있다. 첫째, 그 '어려움'이 '무게'가 되어 근력을 키워 준다. 매일 1킬로그램도 안 되는 아령 백 번 드는 것보다 열 번쯤 겨우 들 수 있을 무게를 자꾸 들어야 근력이 빨리 는다.

둘째, 익숙함에서 벗어나 낯선 분야로의 탐험은 그 자체로 굉장한 경험이 된다. 그 경험이 문장력을 키워 준다. 새로운 분야에 대한 단어와 표현법을 익혀 가다 보면 지식의 폭이 넓어지고 또 깊어진다. 폭넓은 경험과 지식은 다채로운 문장으로 구현된다. 멸치 한 가지만 넣고 끓인 육수도 나름 맛이 괜찮지만, 황태, 파, 양파, 무, 다시마… 온갖 재료가 들어간 육수는 맛의 깊이가 다르다.

다시 말하지만 새롭고 낯선 분야에 대한 글쓰기는 어렵다. 하지만 언제가 되었든 시작이 있어야 과정과 성취도 따르는 법. 원하는 목적지에 도달하는 방법은 오늘 첫걸음을 떼는 것이다. 그리고 기왕 걸을 때 익숙하고 편한 길을 벗어나 가끔은 험한 산길도 걸으면서 근육에 저항을 느껴야 체력과 실력이 붙는다.

전문가에게도 '처음'이 있었다. 모든 일에는 시작이 있고 누구나 시작은 서툴다. 날 때부터 글 잘 쓰는 사람은 없지 않나. 대학생들이 매주 쓰는 리포트는 어디 교수만큼 지식이 풍부해서 쓰겠나? 학창 시절 수많은 리포트 경험이 쌓여 졸업 논문이 된다. 그러니까 할 수 있다, 당신도! 얼마든지.

사실은 낯설고 잘 모르지만 아는 척 오달지게 쓰는 기술

첫째, 키워드 추출

새로운 분야에 대해 글을 쓰려면 거기서 어떤 용어들이 쓰이는지를 먼저 알아야 한다. 즉, 가장 먼저 해야 할 일은 단어 수집이다. 예를 들어 영화 평론이나 리뷰를 쓴다면 어떻게 해야 할까. 기본적으로 시놉시스가 뭔지, 미장센, 모티프, 오마주, 클리

세는 뭔지, 숏shot과 신scene, 그리고 시퀀스sequence는 어떤 차이가 있는지 정도는 찾아봐야 한다. 소위 영화 판에서 쓰이는 어휘들을 수집해 그 의미부터 배워야 글을 쓸 수 있다.

수집하는 방법은 '영화 용어', '경제 용어', '주식 용어' 등 '○○ 용어'로 검색하면 된다. 혹은 해당 분야의 글을 읽으면서 처음 접하는 단어를 뽑아 검색해 보는 것도 방법이다.

키워드를 먼저 수집하는 방식은 새로운 분야에 대해 공부를 할 때도 상당히 유용한 접근법이다. 부자가 되려면 부자들이 쓰는 용어에 익숙해지라는 말도 같은 맥락이다. 일단 용어에 익숙해지고 나면 그 분야가 한층 더 가깝게 느껴지고 사고의 틀도 확장된다.

HP 원고를 쓰기 위해 가장 먼저 한 일도 컴퓨터 분야에서 주로 쓰는 키워드 추출이었다. 그다음은 각각의 기본 개념을 찾아서 공부했다. CPU가 뭐 하는 장치인지부터, 각각의 프로세서가 어떤 역할을 하는지, 또 옵테인 메모리는 기존 메모리와 무엇이 다른지, 기존 상식에 만족하지 않고 하나하나 다시 찾아봤다. 그리고 '딥러닝 부스트'와 '오픈비노' 등 의뢰받은 PC에 사용된 인텔의 기술을 제대로 설명하기 위해서 경쟁사인 AMD의 기술도 같이 찾아봤다. 정작 원고에 경쟁사 제품은 다루지 않았지만 '이

쪽' 분야를 더 깊게 이해하기 위해서는 '저쪽' 분야도 함께 봐야 한다.

둘째, 전문가의 글 답습하기

기초 개념이 잡히고 난 다음 할 일은 해당 분야 전문가들의 글을 찾아 읽는 것이다. 병원 홍보팀 입사 시험을 치를 때도 마찬가지로 의료 관련 기사들을 먼저 찾아 읽었다. 이때 단순히 읽기만 해서는 성과가 없고 글에서 패턴을 읽어 낼 수 있어야 한다. 패턴이라 함은 글의 구조와 표현 방식을 의미하는데, '모르는 분야에 대해 글쓰기'가 어렵다고 말한 이유도 여기에 있다. 특정 분야의 글에서 나타나는 패턴을 제대로 파악하려면 상당한 독서량을 바탕으로 체계적인 훈련이 필요하다. 독서와 훈련 중 더 도움이 되는 쪽을 굳이 꼽으라면 '훈련'이지만 그렇다고 독서가 무용하다는 뜻은 아니다.

우선은 글의 전체 구조를 파악해야 한다. 예를 들어, 초등학생들이 쓴 독후감을 보면 대부분 '줄거리–감상'이라는 매우 단순한 구조를 가지고 있다. 영화 리뷰의 경우 일반적인 구성은 '영화 줄거리 요약–감독 및 출연 배우 소개–제작 관련 에피소드–영화에 대한 감상 평' 정도다.

이 구성을 기본으로 순서에 변화를 주면서 각각의 분량을 적절히 배분한다. 책(영화)에서 인상 깊었던 문구(대사)를 오프닝으로 쓴다든지, 구성 요소 중 한 가지만을 집중적으로 다루는 등의 응용을 하면서 차츰 나만의 스타일을 찾아 나가면 된다.

셋째, 패턴을 몸으로 익히게 도와주는 필사

잘 쓰인 전문가의 글을 필사해 보는 것도 좋은 방법이다. 글의 흐름, 표현 방식, 문단 나누기부터 맞춤법까지 좋은 글을 쓰기 위해 필요한 여러 기술들을 자연스럽게 몸에 익힐 수 있다.

십오 년 전 그날. 두 번의 면접, 그리고 의료 칼럼 쓰기라는 마지막 테스트 과정을 거쳐 마침내 그 병원에 입사할 수 있었던 나는 그렇게 의료 전문 마케터로서 경력을 쌓게 되었다. 이후 이 년 동안 칼럼만 2,200여 편을 쓰면서 전문적이고 어려운 의학 지식을 글로 쉽게 풀어 내는 방법을 익혔고, 지금은 그 경험 덕분에 어지간히 글 좀 쓴다는 작가들도 엄두를 못 내는 의료 전문 스토리텔러가 될 수 있었다. 남들과 다른 글을 쓸 수 있게 된 시작은 반대로 남들이 썼던 글을 그대로 답습해 보는 훈련에서 비롯되었다.

지금은 아마 막막하고 어렵게만 느껴질 것이다. 하지만 이 한마디만 믿고 시작하면 좋겠다. “한글만 알면 누구나 할 수 있다!” 글쓰기의 9할은 자신감이다. 내가 처음 접하는 컴퓨터 분야에 달려들었던 것처럼.

제 4 장

위대한 글쓰기의 비밀, 퇴고

글의 완성도를 높이는 퇴고의 기술

왕자가 개최한 무도회에 갈 수 없어 실망하고 있던 신데렐라 앞에 요정이 나타난다. 요정이 마술 지팡이를 휘두르자 호박은 황금 마차로, 생쥐들은 말로, 큰 쥐는 마부가 되었다. 남루하던 신데렐라의 옷차림도 예쁜 옷과 유리 구두로 변신시켜 주었다. 동화 「신데렐라」의 한 장면이다.

우리는 요정이 아니지만, 원고 안에서 이 정도 마법쯤이야 누구나 부릴 수 있다. 헤밍웨이의 표현대로 걸레에 가까운 초고를 명문장으로 변신시키는 마법, 바로 '퇴고'다. 초고를 완성했다면 이제는 퇴고 과정을 통해 완성도를 높일 차례다.

퇴고推敲는 원래 '밀고 두드린다'는 뜻으로, 당나라 시인 가도賈島가 자신의 시에 '밀다'[推]라는 표현을 쓸지, 아니면 '두드리다'[敲]라는 표현을 쓸지 고민했다는 데서 유래한 표현이다.

이 고민을 하던 가도는 그만 자신을 향해 오는 한유韓愈와 부딪히고 만다. 고관이던 한유는 부딪힌 까닭을 듣고 나서 그를 꾸짖는 것도 잊어버리고 같이 고민하며 둘도 없는 시우詩友가 되었다고 전해진다.

글쓰기 과정에서 최고의 재미는 퇴고에 있다. 손댈수록 더 매끈하고 예리한 문장이 되어 가는 모습을 지켜보는 기쁨! 이 맛을 한번 느끼고 나면 그때부터 진정한 글쓰기의 즐거움에 빠져든다. 실제 코칭을 해 보면 수강생들도 퇴고가 가장 힘들지만 한편으로 즐겁고 뿌듯하다고 말한다. 이는 비로소 자기 검열에서 자유로워지기 때문이다. 처음부터 완벽한 문장을 쓰지 않아도 된다는 안심이 들면 비로소 글쓰기의 두려움과 부담감으로부터 해방될 수 있다. 글을 꾸준히 쓸 수 있는 원동력이 되기도 한다.

또한 문맥부터 어휘나 문법, 맞춤법까지 부자연스러운 부분을 찾는 눈을 가지면 좋은 글을 보는 시선도 생긴다. 그래서 퇴고는 단순히 글 한 편 잘 다듬는 목적에서 그치지 않는다.

한편 코칭을 하다 보면 '퇴고를 아무리 해도 크게 바뀌지 않더라' 하는 고민을 듣는다. 퇴고 요령을 모르기 때문이다. 일단 한 번이 아니라 여러 번 되풀이해서 봐야 한다. 단, 단순히 반복적으로 읽으란 뜻이 아니다. 한 번에 한 가지 요소만 본다.

퇴고 1단계: 전체 흐름과 맥락

첫 번째 퇴고는 전체 내용을 읽으면서 흐름과 맥락을 살핀다. 이 과정에서 불필요한 부분은 빼고, 빠진 부분은 첨가한다. 가식이나 허식, 과장되거나 조잡한 부분은 없는지를 살핀다. 흐름에 문제가 없다면 과감하게 뺀다. 다 쥐고 가려고 욕심부리면 글이 지저분해진다. 불필요한 지방을 빼야 몸에 탄력이 생긴다. 밤새워 고민해 쓴 문장이라고 버리기 아까워하면 백 번의 퇴고를 거쳐도 글이 나아지지 않는다.

⊙ 글의 맥락을 보는 방법

문단은 중심문장과 뒷받침 문장으로 이뤄진다. 이때 각 문단의 중심되는 문장만 따로 나열해 보면 흐름이 보인다. 문단별로 핵심적으로 전하고 싶은 메시지만 나열해 보면 무슨 이야기를 하고 싶은지, 그에 따른 근거나 예시가 명확한지 쉽게 파악할 수 있다. 조형물에서 뼈대만 남긴다고 생각하면 된다. 핵심적인 문장을 보면서 순서를 바꾸거나, 빠진 부분을 더하면서 다시 균형을 잡도록 한다.

퇴고 2단계: 문단의 흐름과 완성도

문단 만드는 방법에서도 설명했다시피 한 문단을 SNS에 올린다고 생각하고 쓰면 문단을 구성하기가 쉽다. 한 문단은 하나의 에피소드로, 그 하나만으로도 전하고자 하는 메시지가 분명해야 한다.

◉ 다음 세 가지 항목을 살핀다.

1. 문단과 문단 간의 연결은 자연스러운가?
2. 중심문장과 뒷받침 문장, 혹은 하나의 에피소드로 이뤄져 있는가?
3. 길이가 적절하고 균형이 잘 맞는가. 어느 한 문단만 지나치게 길지는 않은가?

퇴고 3단계: 문장의 완성도

문장을 검토할 때는 반드시 소리 내어 읽어 봐야 한다. 속으로만 읽다 보면 초보들은 부자연스러운 문장을 좀처럼 찾아내지 못한다. 특히 한 문장 안에서 조사(은/는, 이/가, 을/를, 의, 와/과)가 겹치면 읽을 때 턱턱 걸리면서 리듬감이 떨어진다. 이 정도만 다듬어도 글은 훨씬 매끄러워진다.

문장은 가급적 짧게 쓰라고 했지만 적당한 길이의 문장과 섞어서 쓸 줄 알아야 한다. 그래야 읽는 맛이 살기 때문이다. 너무 짧기만 한 문장의 나열은 퉁명스런 인상을 준다. 반대로 지나치게 긴 문장은 읽을 때 호흡이 가빠진다. 여럿으로 쪼개야 할 문장이 한데 엮이고, 온갖 수식어가 뒤섞이면 이해하기도 어렵다. 긴 문장을 잘 다루는 노련함이 없다면 불친절한 글이 되고 만다.

◉ 문장의 완성도 체크리스트

1. 비문이나 오문은 없는가?
2. 조사(은/는, 이/가, 을/를, 의, 와/과)가 한 문장 안에서 겹치지 않는가?
3. 한 문장이 너무 길진 않나?
4. 읽을 때 리듬(읽는 맛)이 살아 있는가?

퇴고 4단계: 연결 고리와 세부 요소

처음에 전체 맥락에서 시작해, 문단, 그리고 문장으로 점차 글에 더 가까이 다가섰다면 이제는 다시 살짝 뒤로 물러나서 볼 차례다. 글의 흐름을 다시 한번 살피는데, 이때는 내용을 이어 주는 접속사가 제대로 쓰이고 있는지, 구체적인 표현 대신 지시대명사로 뭉뚱그려 표현해 버리진 않았는지를 검토한다.

동어 반복에도 신경을 써야 한다. 마케팅에 대한 글을 쓴다고 해서 거의 모든 문장에 '마케팅'이 반복되면 지루함을 준다. 동사도 따로 읽어 봐야 한다. 모든 문장의 종결어미가 '~이다'로만 끝나면 그 역시 독자들은 글이 지루하다 느낀다. 전체적으로 동사만 따로 한 번 읽어 보는 것도 좋다.

◉ 연결 고리와 세부 요소 살펴보기

1. 접속사

2. 지시대명사

3. 패턴 : 동어 반복, 종결어미

퇴고 5단계: 맞춤법

맞춤법은 퇴고의 마지막 과정에서 본다. 중간중간 눈에 띌 때마다 고치면 되지만 띄어쓰기나 맞춤법 역시 하나의 과정으로 집중해서 봐야 한다. 문서 작성 프로그램을 지나치게 신뢰해서는 안 된다. 완벽하지 않기 때문이다. 애매한 단어는 사전을 찾아보면 확실히 알 수 있다.

다시 강조하지만 퇴고는 한 번이 아니라 여러 번 해야 한다. 전체 맥락을 보고, 다음에는 문단, 그다음 문장, 다시 접속사 등 세부적인 요소까지 살피고, 맞춤법은 가장 나중에. 이때 전체 맥락을 볼 때에는 수정 후 마음에 들 때까지 다시, 또다시 봐야 한다. 전체 모양이 잘 잡혀야 완성도가 높아진다. 애초에 사람

모양이 아닌데 눈, 코, 입만 아무리 세련되고 예쁘면 뭐 하나. 다섯 번 이상은 봐야 제대로 된 퇴고라 하겠다.

⊙ 퇴고의 5단계 정리

① 전체적인 맥락(내용) → ② 문단(연결, 구성, 길이)

→ ③ 문장(주어와 동사, 수식어) → ④ 접속사, 동어 반복, 종결어미

→ ⑤ 다섯 번 이상 ①~④ 과정을 반복 후 마지막으로 맞춤법 점검

> 위대한 글쓰기는 존재하지 않는다. 오직 위대한 고쳐 쓰기만 존재할 뿐이다.
>
> — E. B 화이트

산만하고 안 읽히는 글의 특징

"아무리 봐도 어딜 손봐야 할지 모르겠어요."

"코치님이 콕 짚어 주시니 이제야 보이네요. 왜 제 눈에는 안 보였을까요?"

코칭 전후로 자주 듣는 말이다. 글을 하나의 덩어리로만 보면 좀처럼 수정할 부분을 찾기 어렵다. 퇴고를 여러 단계로 나눠서 해야 하는 이유다. 또한 글을 구조적인 관점에서 봐야 어느 부분을 손대야 할지 보인다.

초고를 쓸 때 너무 많은 힘이 들어가면 퇴고가 어려울 수 있다. 공들인 원고에 애착이 생겨 흐름에 방해되는 단락을 쉽게 버리지 못하는 것이다. 특히 어느 한 문장에 꽂히면 다른 모든 부분을 고치는 한이 있더라도 그 문장을 끝끝내 포기하지 못한다. 글 맥락과 안 맞지만 버리기엔 아까운 애매한 문장, 혹은 문단 하나가 글 전체를 망칠 수도 있다.

교정이 필요한 글에는 주로 '산만하다', '잘 안 읽힌다'는 평이 많이 달린다. 전체 흐름이 부자연스러운 까닭도 있지만 의외로 접속사 몇 개가 문제의 원인이 되는 경우도 많다. 퇴고의 4단계인 연결 고리와 세부 요소에서 해답을 찾을 수 있다.

접속사

접속사는 문장과 문장 또는 문장 가운데서 두 성분을 이어 주는 말이다. 여러 종류가 있는데, 가장 신경 써서 봐야 할 건 '순접 접속사'와 '역접 접속사'다.

그러니 / 그래서 / 그러면 / 따라서 등은 순접順接으로 앞 내용을 그대로 받아 뒷말을 이어주는 역할을 한다. 글 중간중간 순접 접속사가 지나치게 많으면 글이 구차한 느낌을 준다.

그러나 / 그런데 / 하지만 등은 역접逆接 접속사라 부른다. 이전 내용과는 상반된 맥락으로 이어질 때 쓰는 연결 고리인데, 제대로 쓰면 독자들을 순간 집중하게 만들 수 있다. 그러나 이 역시 과하면 정신 사납다. 이야기를 손바닥 뒤집듯 엎치락뒤치락하면 독자들은 대체 어느 면을 집중해서 봐야 할지 혼란스럽다.

— 고, — 며, — 니까, — 아서/어서 등은 단어와 단어, 구절과 구절,

문장과 문장을 이어 주는 역할을 한다. 이 역시 너무 많이 쓰면 문장이 길어지고 전달하고자 하는 의미를 흐린다.

의존명사 '것'

1. 사물, 일, 현상 따위를 추상적으로 이르는 말.
2. 사람을 낮추어 이르거나 동물을 이르는 말.
3. 그 사람의 소유물임을 나타내는 말.
4. 말하는 이의 확신, 결정, 결심 따위를 나타내는 말.
5. 말하는 이의 전망이나 추측, 또는 주관적 소신 따위를 나타내는 말.
6. 명령이나 시킴의 뜻을 나타내면서 문장을 끝맺는 말.

'것'에 대한 표준국어대사전의 정의인데, 글쓰기 지도를 하다 보면 주로 1, 4, 5번의 의미로 많이들 쓴다. 문제는, 써도 너무 많이 쓴다. 고작 A4 한 페이지 분량의 칼럼 한 편에 많게는 스무 번씩 나온다. 독서량 부족이거나, 쓰면서 어깨에 힘이 너무 많이 들어간 경우다.

내가 쓴 한 줄 한 줄이 너무 중요하다 여겨 무의식적으로 강조하고 싶을 때도 '것'을 많이 쓴다. '이래야 하는 것이다', '저래야 하는 것이다' 하고 말이다. 확신을 드러내며 강조할 수는 있는데, 모든 문장을 강조하다 보면 그 어떤 문장도 강조가 되지 않는다.

지시대명사

특정 사람이나 동물, 장소, 사물을 가리키는 말로 '이것, 저것, 그것, 여기, 저기, 거기, 이분, 저분, 그분, 이이, 그이, 누구'와 같은 말이 모두 지시대명사에 속한다. 제대로 사용한다면 언어를 경제적이고 효율적으로 사용할 수 있다.

지시대명사는 크게 '이, 그, 저'로 구분한다. 화자 영역의 대상은 '이', 청자 영역은 '그', 둘의 영역 밖의 대상에는 '저'를 쓴다. 설명만으로는 어려운데, 예시를 들면 쉽다. 쇼호스트가 상품을 직접 손에 들고 있을 땐 "이 제품을 보세요" 한다. 그러다가 옆에 있던 다른 호스트가 들고 있는 상품을 설명할 땐, "방송 보시는 분들께 그 제품 뒷면도 한번 보여 주세요"라고 한다.

지시대명사를 제대로 쓰려면 대상을 분명하게 가리키고 있는지부터 봐야 한다.

도넛은 밀가루에 설탕, 계란 등등을 넣어 반죽을 둥글게 빚은 다음 링 모양으로 만들어 기름에 튀긴 빵이다. 이것의 기원은 네덜란드다.

동어 반복을 피하기 위해 '이것'이라고 지시대명사를 썼다면 앞 문장에서는 반드시 '이것'이 무엇을 의미하는지가 나와야 한다. 도넛을 가리킨다고 명시해야 뒤에서 '이것'이 도넛임을 알 수 있다. 이렇게 짧은 글에서는 쉽지만 의외로 지시대명사를 모호하게 쓰는 경우가 많다.

지시대명사는 구체적인 의미 전달에 무엇보다 신경을 써야 하지만, 이 역시 자주 반복되면 글이 지루해지고 그 자체로 내용 전달을 어렵게 만든다. 글의 리듬감을 해치는 가장 주된 원인이기도 하다.

전라도에서 흔히 쓰는 '거시기'는 의외로 표준어다. 이름이 얼른 생각나지 않거나 바로 말하기 곤란한 사람 또는 사물을 가리킬 때, 혹은 하려는 말이 얼른 생각나지 않거나 바로 말하기가 거북할 때 쓰는 말이 '거시기'다. 전후 맥락이 분명하다면야 거시기든 뭐시기든 말의 맛을 살려 주지만, 역시나 뭐든 과하면 문제다. 거시기를 거시기하게 쓰면 참 거시기하니까, 이 거시기가 거시기되지 않도록 잘 거시기해서 거시기할 수 있도록 거시기해야 한다.

"그런 캐릭터인 것 같아요. 작품 속에서 캐릭터와 저의 공통점을 찾으려고 노력을 하거든요. 그 안에서 내가 이 공통점을 느낄 수 있겠다 하는 생각을 많이 했었던 것 같아요. 시간 날 때마다 유도 연습을 했던 것 같고… 너무나도 값진 경험이었었던 것 같아요. 저는 항상 그런 것에 희열을 느끼는 것 같아요. (중략) 캐릭터와 공통점을 찾았을 때, 리모컨이 풀리듯이 감정이 나왔을 때 그때 저는 제일 희열을 느끼는 것 같아요. 저는 딱 읽었을 때 '이 캐릭터 연기해 보고 싶다'라는 캐릭터들이 다 있었던 것 같아요. 저도 왜 그런지는 잘 모르겠는데 형들이 잘 이끌어 주셨던 것 같아요. 평소 저도 친동생이 된 것처럼 몰입이 된 것 같아요. 저는 항상 그런 것 같아요. (중략) 항상 생각하고, 그러는 것 같아요. 제가 항상 생각하는 거지만 저도 연기를 하면서 '보시는 분들을 위해

공감을 시켜드려야겠다'라는 생각을 항상 하면서 연기를 하고 있는 것 같아요. 공감을 한다는 게 쉽지는 않은 것 같아요. 그 캐릭터에 같이 몰입을 해 주시고, 울면 같이 울고, 웃으면 같이 웃고, 이게 진짜 너무나도 큰 힘인 것 같아요. 그것만 생각하고 지금 연기를 하고 있는 것 같아요. 보고 난 후에 제가 얻은 게 있다면 '지금 살면서 느끼는 소소한 행복들이 정말 소중한 거구나'라는 걸 느끼게 해준 영화인 것 같아요. (중략) 쭉 이어지는 스토리들이 참 좋은 것 같아요."

영화 홍보를 위해 주연 배우가 어느 프로그램에 나와 했던 십분짜리 인터뷰다. 이 짧은 인터뷰에 '것 같아요'라는 표현을 무려 열일곱 번이나 반복해서 썼다.

'~인 것 같다'라는 표현

'~인 것 같다.' 이는 일반적으로 타인의 눈치를 보며 생긴 일종의 습관이다. 특히 우리나라는 대화에서 맥락을 파악해야 하는 고맥락 문화라 타인과의 관계를 매우 중요하게 여긴다. 이는 과거 농경 사회에서 이웃들의 도움이 반드시 필요한 환경에서 비롯되었다고 본다. 조선 중기 이전까지 양반은 1퍼센트에 불과

했고 나머지는 다 농사짓거나 장사를 했으니까.

TV에서 인터뷰를 보면 이 말을 정말로 자주 들을 수 있다. "맛있는 것 같아요", "재밌는 것 같아요", "좋은 것 같아요", "신기한 것 같아요"…. 본인이 먹고 보고 즐겼음에도 불구하고 '것 같다'라고 말한다. '나만 맛있었으면 어쩌지?', '나 혼자 재밌으면 어쩌지?' 이런 심리다. 남이 먹고 토하든 어떻든, 내가 맛있었으면 맛있다고 하면 그만인데, 남들 다 맛없다는데 혼자만 맛있다고 할까 불안한 것이다.

'것이다'라는 표현

'것이다'는 주로 강조를 목적으로 쓴다. 다만 반복되면 오히려 그 힘이 떨어진다. 이 표현을 반복해 쓰는 이유는 자기주장에 대한 근거가 부족함을 스스로 느끼기 때문이다. 주장을 뒷받침할 만한 명확한 근거와, 체계적인 논리, 사례가 충분하면 종결 표현을 '~이다' 정도로 끝맺어도 충분하다. 그게 어려워 '~것이다' 하고 억지로 힘줘서 말하게 되는 것이다!

말싸움을 할 때도 합당한 근거가 부족하고 억지 부리는 사람들은 대개 목소리가 높아진다. 상대를 설득할 자신이 있다면 굳이 목소리 높일 이유가 없다. 조곤조곤 '당신이 뭘 잘못했는지,

내가 왜 이런 말을 하는지' 차분히 설명하면 된다. 말로 설득할 자신이 없으니 목소리라도 높일 수밖에.

심리에 중점을 두고 설명했지만, 말과 글에서 특정 낱말이나 표현 방식이 반복되는 이유는 어휘력 부족이 원인이기도 하다. 그래서 '것'이라는 품이 큰 옷을 입힌다. 정확한 단어를 모르기 때문이다. 어휘력이 부족한 이유는? 말할 것도 없이 독서량 부족이다.

잘 읽히는 글의 비밀 : 리듬 넣는 법

글이 술술 잘 읽히는 이유는 리듬이 살아 있기 때문이다. 리듬은 좋은 문장의 중요한 요소이지만 작문에 서툴면 이 리듬을 제대로 만들어 내지 못한다. 리듬을 살리는 방법은 퇴고 과정에서 문장을 살필 때 권했던 방법과 같다. 바로 내가 쓴 글을 소리 내어 읽어 보는 것이다. 반드시 소리를 내서 읽어야 한다. 입으로 소리 내서 읽어 보면 눈으로만 글을 따라갈 때와는 느낌이 완전히 다르다.

혀에 착착 감기는 문장 : 리듬감이 좋은 글

문장 하나하나가 혀에 착착 감기면서 부드럽게 이어진다면 리듬이 좋은 글이다. 하지만 입에 잘 붙지 않고 탄력 없는 밀가루 반죽처럼 툭툭 끊어진다면 내용을 떠나 잘 읽히는 문장이라 보기 어렵다. 읽을 때 입에서 턱턱 걸리는 문장은 걸러 내야 한다. 특히 한 문장 안에서 조사 '은/는'이나 '을/를'이 반복되지 않도록 주의해야 한다.

하나의 문장 내에서 구성도 중요하지만 문장끼리의 연결 또한 리듬에 관여한다. 접속사가 적절히 쓰여 문장과 문단을 잘 이어 주는지, 너무 과하진 않은지를 봐야 한다. 미사여구는 글을 화려하게 꾸며 주지만 자칫하면 리듬과 전달성에 해가 될 수도 있다. 글은 기교보다 내용 전달이 우선이다. 멋지고 화려함에 현혹되지 말고 반드시 필요한 표현인지를 고려해야 한다.

쉼표 또한 리듬에 영향을 끼친다. 쉼표를 어디에 찍어야 할까 궁금할 때도 소리 내어 읽어 보면 위치가 보인다. 읽으면서 숨 쉬게 되는 그 자리에 찍으면 된다. 명사를 나열할 때도 쉼표가 필요하다. 적절하게 잘 찍은 쉼표는 가독성도 높여 준다.

행갈이도 마찬가지. 읽어 내려가다 이쯤에서 한숨 돌리고 싶을 때, 내용이 전환될 때 행갈이로 문단을 구분해 주면 된다. 행갈이의 정확한 기준은 하나의 중심 문장과 그를 뒷받침하는 내용 전달이 끝났을 때이다.

눈으로 읽는 리듬

글은 눈으로 읽는다. 하지만 입에서 잘 읽혀야 눈으로 따라가기도 수월해진다. 소리 내어 읽는 과정은 길을 낼 때 요철을 없애는 평탄화 작업에 비유할 수 있다. 걸리는 부분 없이 술술 잘 읽혀야 의미 전달도 빠르고 쉽다.

좋은 글을 쓰는 비결이란 사실 단순하다. 많이 읽고 많이 써 보고, 또 내 글을 끝까지 포기하지 않고 계속해서 수정해 봐야 한다. 그 과정을 자꾸 반복해야 실력이 는다. 이런 소소한 노하우 하나하나가 조금은 더 빠른 지름길로 안내할 것이다.

잘 팔리는 글의 9할은 제목

블로그에 전문적인 내용으로 칼럼을 쓰면서 같은 제목으로 여러 개의 글을 발행하는 경우가 있다. 예를 들면 이런 식이다.

[최원대의 마케팅 칼럼] 블로그 제목 정하는 법

[최원대의 마케팅 칼럼] 네이버 검색 알고리즘의 이해

[최원대의 마케팅 칼럼] 블로그 방문자 수 늘리는 방법

이렇게 주로 본인 이름(혹은 닉네임)과 칼럼 이름을 앞에 두고, 그 뒤로 해당 포스팅 제목을 붙이는 경우가 있다. 연재성을 띤 칼럼임을 알리기 위한 목적이기도 하고, 카테고리를 봤을 때 일목요연해 사실 보기에도 좋다. 그러나 방문자 수 확보와 검색 노출 측면으로 봤을 때 이는 그다지 좋은 전략이라 보기 어렵다.

제목을 정하기 위해서는 몇 가지 기준과 원칙, 주의할 점이 있다.

⊙ 좋은 제목의 기준

1. 본문의 내용을 함축하는 제목
2. 내용에 호기심을 갖도록 하는 제목
3. 기억에 남는 제목

좋은 제목을 뽑으려면 글에서 다음 기준에 따라 방향을 잡으면 된다.

1. 본문 내에서 중요한 키워드
2. 중심이 되는 생각이나 주제
3. 내용을 이끌어 가는 핵심 소재
4. 인상 깊은 문장이나 단어

여기에서 독자의 관심을 끌 만한 요소를 더해 제목을 정한다. 이를테면 호기심을 자극한다든지, 글을 읽었을 때 독자가 얻게 될 혜택을 강조하는 식이다.

호기심 : 블로그 초보라면 반드시 알아야 할 포스팅 기술 3가지

이익 : 유튜버용 영상 편집 컴퓨터 조립 비용 30% 아끼는 방법

공감 : 부자를 꿈꾸는 당신을 위한 재테크 기본 공식

필요성: 블로그 수익 창출에 반드시 필요한 사전 작업

마지막으로, 내 글이 어느 매체를 통해 보이는가도 고려해야 한다. 블로그라면 내 글이 검색 결과에 반영되어야 읽힌다. 아무리 좋은 글도 독자들이 찾을 수 없으면 쓴 보람이 없다. 그래서 블로그나 온라인 매체에서는 알고리즘이 선호하는 제목의 형태를 따라야 한다. 네이버 블로그의 경우 과거에는 단순히 동일한 키워드를 반복하기만 해도 노출이 잘 되었으나 요즘은 가급적 문장의 형태로 써야 검색에 잘 잡힌다. 아울러 검색 사용자들이 실제 사용할 만한 키워드를 다뤄야 한다. 마케팅 전문가들은 여기에 그치지 않고 각 키워드별로 경쟁률까지 분석하기도 한다.

제 5 장

글의 깊이를 더하고 쓰기를 지속하게 하는 힘

상상력과 창의력은 어디에서 오는가?

상상력

상상력 : 실제 경험하지 않은 현상이나 사물을 마음속으로 그려 보는 힘. 그리고 새로운 것을 생각해 내는 능력.

상상력과 창의력은 인간의 매우 고차원적인 사유 능력에 속한다. 한여름, 휴가철을 맞은 해변가를 상상해 보자. 피서객들로 북적이는 여름 해변가를 떠올리기란 그리 어렵지 않다. 어떤 풍경이 그려지는지 자유롭게 말해 보라 하면 누구라도 한참 동안 이야기할 수 있을 것이다. 그렇다면 지금 머릿속에 펼쳐진 그 풍경은 어디에서 왔는가?

이번엔 창의력을 발휘해 보자. 저 먼 우주 어딘가에 있을지 모를 외계인은 어떻게 생겼을까? 각자 묘사는 다르겠지만 이 또한 어렵지 않게 떠올릴 수 있을 것이다.

자, 그런데 단 한 번도 본 적 없는 외계인 모습은 대체 어떻게 그릴 수 있는 걸까? 창의력은 어디에서 오는가? 외계인은 과연 어떤 모습을 하고 있을까? 머리는 오징어처럼 삼각형에 눈은 여덟 개? 아마 코는 구멍만 뚫려 있을 것 같고, 입은 세로로 긴 모양이려나? 팔은 네 개, 다리는 무릎 관절이 두 개로 길고 점프하기 좋은 구조를 가지고 있을지도 모르겠다.

사실 이는 모두 어디선가 본 이미지를 조합한 것이다. 실제 외계인은 눈과 코가 없을 수도 있고 전체적으로 인간의 형상이 아닐 수도 있다. 어떤 외형이 되었든 우리는 어디선가 본 적이 있는 여러 형태를 조합해 외계인의 이미지를 그린다. 그것이 포유류든 파충류든 곤충이든, 뭐가 됐든. 한 번쯤 본 적 있는 모든 생명체들의 특징들을 가지고 조합한다. 이것이 상상력이고 창의력의 원천이다.

"해변가에 뭐가 보이시나요?"

기억상실증 환자에게 여름 해변을 묘사해 보라고 하면 어떻게 대답할까?

"파래요. 음… 파랗습니다."

기억이 없는 이들에게 바닷가 풍경을 상상하라고 하면 그냥 파랗다고만 한다. 조합할 기억, 즉 재료 자체가 없기 때문이다. 상상력과 창의력을 발휘할 때 풍부한 경험이 필요한 이유다. 우리는 경험을 통해 이전에 없던 새로운 것들을 재조립해 만든다. 그렇다면 단지 풍부한 경험만 있으면 상상력과 창의력은 절로 길러지는 걸까?

2007년 1월 9일. 스티브 잡스는 미국 샌프란시스코 맥월드에서 최초의 아이폰 모델을 소개했다.

> 오늘 우리는 이처럼 혁신적인 제품을 무려 세 개나 선보이려 합니다. 그 첫 번째는 바로 터치로 조작할 수 있는 와이드스크린 아이팟입니다. 두 번째는 혁신적인 휴대폰입니다. 그리고 마지막으로 세 번째는 획기적인 인터넷 통신기기입니다.
> 자, 정리해 보죠. 세 가지입니다. 터치로 조작할 수 있는 와이드스크린 아이팟, 혁신적인 휴대폰, 그리고 획기적인 인터넷 통신기기입니다. 아이팟, 휴대폰, 인터넷 통신기기. 아이팟, 휴대폰… 뭔지 감이 오세요? 이것들은 각각 세 개의 제품이 아닙니다. 단 하나의 제품입니다.

잡스는 이날 아이폰이 전 세계 스마트폰 시장을 선도하리라 예언했고, 그 예언이 현실이 되기까지는 그리 오랜 시간이 걸리지 않았다.

'창의성의 극치! 혁신의 끝판왕!' 스티브 잡스를 따라다니는 수식어다. 창의력이 뛰어난 인물 하면 지금도 첫손가락에 꼽히는 인물이 바로 스티브 잡스다. 그러나 잡스를 비롯해 창의성이 뛰어난 몇몇 인물들을 인터뷰해 보면 정작 본인들은 스스로의 창의력을 그리 높게 평가하지 않는다.

"창의성은 단지 사물을 잇는 것이다."

이것이 잡스가 말하는 창의성에 대한 정의다. 기존에 없던 것이 아니라 개별적으로 존재했던 대상을 서로 연결했을 뿐이라고. 아이팟, 모바일 폰, 그리고 인터넷 커뮤니케이터. 이 셋을 연결해서 만든 것이 아이폰이다. 기존에 없던 새로운 기기를 짠 하고 등장시킨 것이 아니라는 뜻이다.

풍부한 경험을 쌓으며 우리가 상상력과 창의력을 기르기 위해 결국 힘써야 할 부분은 '연결'이다. 이것과 저것을 잇는 행위. 그것이 바로 상상이고 창의다. 하늘 아래 완벽한 'NEW'는 없다. 재탄생이 있을 뿐.

글 쓰는 방법을 배워도
글솜씨가 좀처럼 늘지 않는 이유

"어깨 내리고, 가슴 들고, 양팔 수평 유지. 복부 힘! 허리 뒤로, 턱 당기고. 호흡 거꾸로 됐죠? 들이마시고, 후~"

처음 운동을 배우면 트레이너가 옆에서 이렇게 동작 하나하나부터 호흡까지, 꼼꼼하게 지도해 준다. 자세에만 신경 쓰다 보면 호흡이 흐트러지기도 하고, 바벨을 들 힘이 부족해 그만 균형을 잃기도 한다. 모든 것이 엉망이다. 그래서 운동을 시작하는 단계에서는 가벼운 무게로 자세부터 익힌다. 바른 자세가 먼저. 근육 만드는 건 다음이다.

자세부터 점검하자

글쓰기를 운동에 비유한 바 있는데, 초보들이 한계에 부딪히는 시기나 패턴마저도 운동과 닮았다. 글을 아무리 많이 써 봐도 좀처럼 발전이 없다면 '자세'를 점검해 봐야 한다. 제대로 된 스트레칭 방법과 헬스장에 있는 기구 사용법을 배워야 하듯 글쓰기에도 올바른 자세와 요령, 기술이 분명 존재한다.

글쓰기 훈련은 크게 스트레칭과 글 근육을 키우기 위한 과정으로 나뉜다. 어깨에 힘을 빼기 위한 '글쓰기 스트레칭' 방법을 알려 주면 거의 대부분은 즉시 한결 부드러운 글을 쓰게 된다. 간혹 몸이 정말 많이 굳은 사람도 있다. 시간이 조금 더 걸릴 뿐 언젠가는 이완되니 걱정하지 않아도 된다. 스트레칭이 관절의 가동 범위를 늘려 주듯, 글쓰기에서는 경직된 몸의 긴장을 풀어 주어 사고를 더 유연하게 만든다.

'퇴고'는 스트레칭보다는 좀 더 시간이 걸리긴 하지만 이 역시 빠른 변화를 보여 준다. 다만 '구조화'는 경험상 수강생마다 속도 차이가 있다. 글은 목적에 따라 다양한 구조로 쓸 수 있는데, 이 구조화 공식 몇 가지만 익혀도 글 솜씨를 비약적으로 발전시킬 수 있다. 다만 처음엔 오히려 글쓰기가 이렇게 어려웠나 싶을 수도 있다. 반대로 구조화 공식 덕분에 글쓰기가 한결 쉬워졌다는 이도 있고. 개인마다 차이가 있다. 운동도 곧잘 따라 하는 사람이 있는가 하면 더디게 배우는 사람도 있듯이.

훈련 초반부터 찾아오는 작은 언덕

초보가 한 번에 여러 기술을 익히다 보면 이내 턱 하고 막힐 때가 온다. 아무 생각 없이 바벨 들던 때와 달리 트레이너가 옆에 붙으면 초반엔 오히려 어렵게만 느껴진다. 이것저것 신경 써야 할 점도 너무 많고, 전문가가 지켜본다는 생각에 몸이 생각처럼 잘 움직이지 않는다. 하지만 실망할 필요 없다. 아직 몸에 익지 않아서 그럴 뿐. 이 시기를 잘 넘겨야 실력이 는다. 태산 같아 보일지 몰라도 실제로는 한 호흡에 오를 만한 작은 언덕에 불과하다. 이 작은 언덕만 넘으면 다음부턴 쉽다. 작은 언덕 하나를 못 넘고 중도 포기하는 이들을 보면 참 안타깝다. 마치 에베레스트 등반을 포기한 거라 생각하겠지만 막상 오르고 나면 '산'이라 부르기도 민망할 정도의 높이였음을 알게 될 것이다. 부디 오르막 초입에서 지레 겁먹지 말았으면 한다.

글이 도무지 안 써질 때
슬럼프 극복하는 법

슬럼프 : 운동 경기 따위에서, 자기 실력을 제대로 발휘하지 못하고 저조한 상태가 길게 계속되는 일.

슬럼프는 주로 스포츠 활동에 쓰이는 개념이긴 하나, 이는 글쓰기에도 적용해 생각해 볼 수 있다. 글이 정말로 안 써지는 날, 혹은 그런 시기가 있다. 아무런 생각이 없다는 생각조차 없는 상태. 뭘 써야 할지도 모르겠고, 저장된 글감은 많지만 쓰고자 하는 의욕이 잘 안 생기는 때. 그런 날, 그런 시기가 있다.

왜 안 써질까? 정말 슬럼프인 걸까?

일정 기간 글이 안 써지는 이유는 슬럼프일 수도 있고 아닐 수도 있다. 우선 구분이 중요하다. 성장 과정에서 나타나는 현상

중 '고원高原(플래토, plateau)'이라는 개념이 있다. 슬럼프와 마찬가지로 연습한 만큼의 성과가 없는 시기이지만 고원현상은 일시적인 정체인 반면, 슬럼프는 기술 악화나 심리적 동요, 초조가 현저히 나타난다는 점에서 다르다.

고원 상태일 때는 글 쓰는 양을 조절하면서 환경을 바꿔 보는 등, 노력을 통해 극복할 수 있다. 대개 시간이 해결해 준다. 그러나 슬럼프의 경우는 다르다. 오히려 억지로 쓰려는 노력이 슬럼프 기간을 더 길게 만들 수도 있다.

다양한 슬럼프의 원인부터 살펴야

슬럼프의 원인은 개인마다 다를 수 있다. 흥미로운 사실은 글쓰기에 지나치게 몰입해도 슬럼프가 올 수 있다. 집중력도 지나치면 에너지 소모가 과해 지치게 된다. 또한 노력에 대한 보상, 결과물이 기대 이하일 때도 슬럼프가 올 수 있다. 몰입을 했는데 성과가 없으면 소진된 에너지가 좀처럼 채워지지 않는다. 가진 에너지를 다 쓰고 나면 결국 지치는데, 이 경우 회복이 쉽지 않다. 성과의 기준은 다양하겠으나 뭐가 됐든 결과가 안 나온다면 과정을 살펴야 한다. 왜 성과가 나지 않는지, 실력 부족인지, 방법이 잘못되었는지, 혹은 환경이 문제인지.

'왜 써야 하는가'에 대한 답을 못 찾았을 때도 슬럼프가 올 수 있다. 막연하게 '글을 잘 쓰고 싶다'라는 욕망으로 일단 시작은 했으나 과정이 힘들다 보니 '이걸 굳이 왜 하는가'에 대한 의문이 자꾸 드는 것이다. 애초에 '나는 글을 왜 쓰는가'에 대한 이유가 없으니 동기부여도 어렵다. 블로그나 브런치를 잘 운영하고 싶다든지, 내 생각을 글로 잘 표현하고 싶다든지, 레포트나 보고서를 잘 쓰고 싶다든지 하는 목표가 명확하면 방황하지 않는다.

슬럼프라는 그럴듯한 핑계 혹은 욕심

슬럼프는 하나의 그럴싸한 핑계일 수도 있다. 게으름에 대한 핑계. 혹은 나 열심히 하고 있으니 알아 달라는 인정 욕구의 다른 이름이다. 블로그가 대표적이다. 나름 열심히 글을 쓰는데, 방문자나 댓글, 공감이 많지 않으면 이내 시들해질 수 있다. 노력을 인정받지 못하고 있는 듯한 기분이 들기 때문이다. 블로그 운영 초반에는 제발 방문자 수에 신경 쓰지 말라고 수백 번 힘주어 강조하는 이유이기도 하다.

혹은 지나친 칭찬이 슬럼프를 부르기도 한다. 글쓰기 수업을 받는 분들에게 종종 관찰되는 현상인데, 잘했다 칭찬받으면 그 자체가 부담으로 작용하는 케이스다. 더 잘해야 한다는 욕심과

강박이 슬럼프를 부르는 것이다. 이후 호되게 지적받으면 대체로 회복되긴 하지만.

어쨌거나 안 써질 때 : 슬럼프 기간을 최대한 줄이는 법

글이 안 써질 땐 안 쓰면 된다. 쉽다. 슬럼프의 원인이 지나친 집중이든 피로 누적이든 뭐든 간에 일단은 쉬는 것이 좋다. 슬럼프 기간을 최대한 줄이는 비결이다. 억지로 쓰려는 노력이 극복 방법이기도 하나, 역효과가 나는 경우도 많다. 지치면 쉬는 것만 한 해결책이 또 없다.

다만, 슬럼프가 그럴싸한 핑계일 땐 예외다. 그래서 슬럼프가 왜 왔는지에 대해 스스로 냉정하게 생각해 볼 필요가 있다. 나는 위로가 받고 싶은지, 정말로 쉬고 싶은지.

슬럼프는 글쓰기나 블로그 코칭할 때 가장 신경 쓰는 부분이기도 하다. 아무리 좋은 훈련도 선수가 지치면 결국 아무런 성과도 낼 수 없기 때문이다. 글이 정말로 안 써지는 날, 혹은 그런 시기가 있다. 멍하면 멍한 대로 시간을 보내는 것도 괜찮다.

내가 지금 아무런 생각이 없다는 생각조차 없는 상태에선 굳이 생각을 하려고 애쓸 필요 없다. 뭘 써야 할지도 모르겠다면 안 쓰면 된다. 쓰고자 하는 의욕도 잘 생기지 않는다면 쉬어야 한다. 그런 날, 그런 시기에 있다면 그냥 그렇게 보내면 된다. 굳이 벗어나려 발버둥 칠 필요 없다.

물에 빠지면 차라리 힘을 쭉 빼고 바닥에 도달할 때까지 기다렸다가 '팍!' 하고 바닥을 박차고 오르는 방법도 있다. 괜찮다. 괜찮으니까 너무 자책하지 마시길.

내겐 재능이 없다며 푸념하는 이들에게

어느 분야를 막론하고, 진짜 어금니 꽉 깨물고 이십사 시간 잠 안 자며 덤벼도 털끝 하나 못 따라갈 것만 같은, 그런 천재들이 있다. 배 아프지만 사실이다. 작가 세계에도 천재들은 넘쳐난다.

학창 시절엔 고작 단편 소설 한 편 읽는 데 며칠씩 걸리기도 했다. 읽다가 '젠장, 얘는 뭐 이렇게 잘 써?' 하고 책을 집어던지곤 했으니까. 김영하 작가 책만 백 번은 넘게 던지고 나서야 깨달았다. 위를 보는 건 좋으나 너무 고개를 쳐들면 목만 아프다는 사실을. 45도쯤이 적당하려나.

글쓰기 코치가 말하는 재능 : 재능은 도전의 필수 요소일까?

글쓰기를 가르치고 있다. 매시간 나는, 당신도 할 수 있다며 수강생을 독려한다. 강사가 그저 습관처럼 내뱉는 말이라 여길지 모르겠으나, 적어도 나는 진심이다.

"글쓰기의 90퍼센트는 자신감이다."

이렇게 '자신 있게' 말하는 데는 그만한 이유가 있다. 나부터 천재가 아니기 때문이다. 천재까진 아니어도 재능? 아니, 재능마저 있는지도 잘 모르겠다. 겸손이 아니라 사실이 그렇다.

나는 철저히 훈련과 노력에 의해 만들어진 작가다. 머리가 그리 똑똑하지도 않다. 이것도 겸손이 아니라 진심이다. 그러니 당신도 할 수 있다. 90퍼센트의 자신감? 그것도 거창할 필요 없다. '까짓 것 한번 해 보자' 정도면 충분하다.

자신감을 장착했다면 이제 나머지 10퍼센트의 기술만 익히면 된다. 이 책은 바로 그 10퍼센트의 기술을 담고 있다. 그러니 일단 시작해 보시라. 안 되면 포기해도 괜찮다. 세상 모든 분야에 다 재능을 발휘할 수는 없지 않나. 그러니 '잘해야지'라는 부담 갖지 말고 그냥 가벼운 마음으로 해 보시면 된다.

일단 도전하시라. 도전 그 자체가 당신에게 의미가 있다. 재능이 없다? 없으면 시작도 못 하나? 게다가 아직 제대로 해 본 적도 없지 않나? 그러니까 내게 재능이 있는지 없는지도 모르는 상태다.

사진: 픽사베이

그리고 사실 재능 따위 없어도 된다. 노력이 그 자리를 채울 수 있으니까. 다른 분야는 모르겠지만, 적어도 글쓰기는 그렇다. 딱히 재능이 없어도 글은 누구나 잘 쓸 수 있다. 심지어 글밥 먹고 살 수도 있다. 조금 더 독하게 노력한다면. 그러니 뭐가 없다며 핑계 그만 대시고 일단 시작해 보시라. 없어도 할 수 있다. 그런 사람 많다. 당신도 할 수 있다.

열악한 환경에서도 끝끝내 성공하는 사람은 난관 속에서 어떻게든 길을 찾는다. 하지만 아무리 좋은 여건에서도 이루지 못하는 사람은 내가 지금 당장 도전할 수 없는 이유만 찾는다. 일단 해 보고, 안 되면 다른 분야에 다시 도전하면 된다.

대체 무엇이 두려운가.

글 근육 키우기 퍼스널 트레이닝

하루 30분 글쓰기 훈련법

초판 1쇄 발행 2023년 1월 16일

지은이 최원대

편집 오은지 변우빈

디자인 변우빈

펴낸이 오은지

펴낸곳 도서출판 한티재

등록 2010년 4월 12일 제2010-000010호

주소 42087 대구시 수성구 달구벌대로 492길 15 전화 053-743-8368

팩스 053-743-8367 전자우편 hantibooks@gmail.com

블로그 blog.naver.com/hanti_books

한티재 온라인 책창고 hantijae-bookstore.com

ISBN 979-11-92455-16-7 03800